Regarde, regarde les lions

Émile Ollivier

Regarde, regarde les lions

NOUVELLES

Albin Michel

© Éditions Albin Michel S.A., 2001
22, rue Huyghens, 75014 Paris
www.albin-michel.fr

ISBN 2-226-12157-9

Je dis ceci, écoutez ceci : Vous êtes la Guérisseuse, l'Assistante, l'Enchanteresse. À vous, à toutes les trois qui entendez dans le gynécée ces chants du royaume perdu et de l'errance, je dis encore ceci : Honneur à la simplicité et à la douceur de vivre parmi vous.

« J'ai cherché un sujet et l'ai cherché en vain
J'ai cherché chaque jour depuis six semaines ou à peu près
Et peut-être, à la fin, moi qui ne suis qu'un homme brisé,
Dois-je me contenter de mon cœur ; et pourtant,
Hiver comme été, jusqu'à ce commencement du grand âge,
Pas un seul de mes animaux n'a manqué à la parade de mon cirque
Ni ces gamins tout fiers sur leurs échasses, ni ce char reluisant,
Ni le lion et la femme, et Dieu sait quoi encore. »

William BUTLER YEATS.

Lumière des saisons

Non loin du grand boulevard, il est une demeure un peu vétuste à la façade de briques ocre rythmée par une alternance de fenêtres et de portes vitrées et carrelées. Elle nous conquit au premier coup d'œil. Par le vitrail qui encadrait la porte d'entrée, nous avions pu apercevoir les pièces baignées de lumière, les boiseries, les moulures des plafonds et présumer du charme, composé d'un mélange de rusticité et de raffinement, de cette maison abandonnée. Nous avons demandé à la visiter tout en sachant que nous allions, coûte que coûte, nous en porter acquéreurs. L'entrée franchie, le rez-de-chaussée offrait un espace à l'aménagement parfaitement maîtrisé, dénotant une influence toute victorienne. De part et d'autre du vestibule, une salle de séjour et un salon-bibliothèque, deux vastes pièces à l'ambiance chaleureuse, aux murs classiquement tendus de soieries damassées rouge et blanc, teintes qui leur conféraient une note de clarté. Le séjour avait conservé ses colonnes, ses tapis, ses miroirs, ses médaillons en plâtre, ses angelots qui s'ébattaient au plafond, ses lampadaires tout de perles et de pampilles. Une cheminée de céramique, style début du siècle, surmontée de la traditionnelle glace encadrée de bougeoirs transformait le salon-bibliothèque gainé de boiseries de chêne en un coin intime, convivial.

Trônant au milieu du vestibule, un escalier avec une belle rampe en chêne sculptée menait à l'étage ; un puits de lumière en illuminait la montée et soulignait la poussière et les écailles de plâtre humide tombées du plafond. Cuisine et salle à manger s'ouvraient sur un patio qui, à l'époque d'une splendeur aujourd'hui défunte, a dû être très fleuri. Les chambres, par un jeu de poutres au plafond et de pierres de taille apparentes aux murs, gardaient un accent bucolique original. De plus, elles étaient dotées de loggias qui offraient une vue imprenable sur un des parcs les plus verdoyants de la ville.

Quand nous emménageâmes (c'était au début de novembre), ma femme, qui cultive un amour des espaces verts et fleuris, consulta un

Lumière des saisons

paysagiste. Il traça des plans qui, réalisés au printemps, redonneraient aux jardins leur magnificence d'antan. Elle rêvait de pelouses admirablement entretenues sur lesquelles, l'été, viendraient s'ébattre les oiseaux. L'expert conseilla de déraciner tous les vieux plants rabougris qui ne refleuriraient jamais plus. Parmi eux, figurait un rosier connu sous le nom de rosier chinois, une plante bisannuelle. L'époque de sa floraison coïncide avec celle du déclin du froid. Ses fleurs durent deux semaines environ et, lorsque les pétales tombent, on sait que le printemps, tardif dans cette région du monde, est proche. « Dommage, grommela le spécialiste, qu'il n'y ait plus rien à attendre de ce tronc sec que toute sève a déserté, car il s'agit là d'une plante rarissime. »

L'hiver cette année-là fut rude et, une nuit de janvier, la ville se transforma en un champ de glace. Nous fûmes alertés par des gémissements atroces qui semblaient provenir du rosier ; il était planté juste au-dessous de la fenêtre de notre chambre. Nous crûmes d'abord qu'un animal, chien, chat, écureuil, blessé par la chute d'une branche avait besoin qu'on lui porte secours. Mais il n'en était rien. Du rosier monta, toute la nuit, une plainte douloureuse qui dominait celle du vent. Au matin, nous constatâmes que tous les arbres et arbustes de la cour avaient été durement esquintés par la pluie de glace. Seul le vieux rosier avait acquis une nouvelle vitalité. Ses branches squelettiques étaient même couvertes de bourgeons.

La bourrasque et les tempêtes amènent souvent dans cette contrée un changement brusque de température. Le sol, cette année-là, couvert d'épaisses couches de neige et de glace, brusquement se réchauffa. Sidérés, nous vîmes alors le rosier, par ce temps de redoux, fleurir. Une ou deux fleurs s'ouvrirent d'abord ; les jours suivants, trois, quatre, cinq, et enfin toutes les branches se couvrirent de fleurs, innombrables. Leur pureté était admirable et leur parfum au-delà de tout éloge. Puis l'hiver revint en force, avec ses tempêtes de neige et ses baisses de température. Le rosier resta inflexible, la tourmente ne l'affectant en rien.

Étranger, venu des terres lointaines du Sud, mon enfance avait été bercée par le récit de phénomènes insolites : déplacements de meubles sans cause apparente, jets nocturnes de pierres suspects, esprits frappeurs, bruits de pas assourdissants dans les escaliers. Aussi n'ai-je point été surpris d'entendre les gens du quartier, et surtout les vieux, affirmer que ce rosier vivait d'une vie qui n'était pas originairement la sienne. Mais il était inutile de les interroger ; leurs bouches scellées comme des tombes ne se risquaient pas à en dire plus. Après tout, des fantômes ne sont-ils pas toujours tapis sous les crânes ? Je n'ai pas insisté pour en savoir davantage. Nous vivons à une époque où il faut laisser sa part à l'ombre, tant les trafics et les transactions d'humains autant que de marchandises, le jeu des apparences, les relations entre les hommes et les femmes, les malentendus en pointillé entre les êtres et toutes les aventures infinies et infimes de la conscience collective recèlent leur part de secret et de non-dit. Toutefois, la résurrection du rosier, sa résistance aux intempéries attisaient ma curiosité.

Au printemps, malgré les méfaits du verglas, érables, lilas, pommiers, pruniers, lis étalèrent des corolles pimpantes. Je mis mon chevalet sur la galerie. Je voulais peindre ces myriades de couleurs à l'instant même où elles naissaient, persuadé que je parviendrais à saisir cette essence particulière que renferme chaque fleur. Ainsi, le printemps finirait par entrer dans ma peinture. Monsieur Finks, un vieux jardinier à la retraite, qui passait, s'arrêta, me

Regarde, regarde les lions

regarda et poussa, au bout d'un moment, un profond soupir : « Je vous observe depuis des jours. Vous n'arriverez jamais au but. Vous vous contentez de peindre des arbres et des fleurs. Pour peindre le printemps, il ne faut peindre ni le lis, ni le pommier, ni l'érable, ni même ce vieux rosier. Il faut tout simplement peindre le printemps. »

J'entretenais avec Monsieur Finks des liens privilégiés. Il ne s'appelait d'ailleurs pas vraiment Finks mais Angelo Dialo. Émigré d'Italie au début du siècle, il avait eu quelques difficultés à trouver du travail. Il dut, à son corps défendant, se déguiser en Anglais. Catholique, conservateur pointilleux, intransigeant dans la vie publique comme dans la vie privée, il était l'un des rares survivants de l'époque où cette zone n'était que fermes maraîchères, verdoyants vergers. C'était avant que les bulldozers n'aient remblayé le lac où s'étendaient des eaux calmes comme la mort ; c'était avant qu'ils n'aient transformé cette paisible campagne en quartier résidentiel. Monsieur Finks était donc le témoin oculaire d'une époque révolue.

Je ne sais comment notre conversation dériva sur le verglas. Je lui fis remarquer combien cette tempête avait détérioré les arbres de notre jardin. « Seul ce vieux rosier déborde de vitalité. Même au plus fort de l'hiver, il a fleuri. » À ma grande surprise, Monsieur Finks prit une profonde respiration et laissa tomber : « Ce rosier ne fleurit qu'une seule fois, tous les quatre ans, le vingt-neuvième jour du mois de février. C'est ce qu'on appelle une année bissextile, je crois, suivant le calendrier arabe. Alors que les arbres attendent la fin du mois de mars et même la première quinzaine d'avril pour sortir de la dormance, se réveiller et éclore au grand soleil, lui, telle une immortelle des neiges, fleurit en février. » Quel était donc le secret tapi sous cette reviviscence ? « Mon bon monsieur, c'est un mystère que personne n'a jamais pu éclaircir. »

Monsieur Finks me décrivit abondamment le quartier au moment où il émigra, sans émigrer vraiment, tout son village s'étant retrouvé au Canada. Dans les années vingt, ce quartier n'était qu'un vaste espace cerné de bouleaux et de pins, habité par quelques puritains protestants. Il s'étonnait que j'aie acheté cette maison inhabitée depuis de nombreuses années et me demanda si je n'avais jamais entendu, la nuit, des bruits de pas, des voix, des gémissements.

Regarde, regarde les lions

Elle avait appartenu aux McDougall, un couple sans enfant : le mari, un pentecôtiste, un homme aux yeux brouillés de pudeur ; la femme, Agatha, une Irlandaise, catholique, avait épousé ce protestant, contre l'avis de son frère, nationaliste farouche, qui considéra ce mariage comme une abjuration, une apostasie, une sorte de trahison morale. « Je l'ai bien connue, Madame Agatha ; elle n'avait qu'un seul pays, sa maison et nourrissait un amour passionné pour son jardin. » Monsieur Finks émit ici quelques considérations sur les rapports complexes entre époux, entre frère et sœur, parla de l'appartenance choisie ou irréfléchie à une communauté, à un pays, à des valeurs. Il s'attarda sur ce qu'il appelait « ces petites fêlures de cristal » que l'on ne remarque pas et qui peuvent briser un être en mille morceaux.

Un matin, un 29 février exactement, on vit Monsieur McDougall élever, avec de la terre fraîche, un tertre et y planter, avec une minutie et une délicatesse qu'on ne lui connaissait pas, un rosier chinois. Monsieur Finks s'était étonné que ce ne soit point Madame Agatha qui se livrât à cette opération et qu'elle ne l'ait point appelé à sa rescousse, le sol étant encore gelé. Aux dires de son mari, Madame Agatha

Lumière des saisons

était partie pour l'Arkansas où vivaient encore son frère et sa famille. Elle caressait depuis quelque temps le rêve de se réconcilier avec eux et l'avait mis, contre son gré à lui, Monsieur McDougall, à exécution. Il s'écoula des mois et des années sans qu'elle ne revînt. Quand Monsieur Finks demandait à McDougall s'il avait reçu des nouvelles de sa femme, il répondait évasivement : « Pas de nouvelles, bonnes nouvelles » jusqu'au jour où le frère d'Agatha, inquiet du devenir de sa sœur, arriva à l'improviste. La police, après enquête, conclut à la disparition d'Agatha. Elle fit la une des journaux et l'on chuchota que, sous ses apparences de nonne, elle était loin d'être une militante de la fidélité.

Devant cet homme qui passait son temps à pleurer la disparition de sa femme, les voisins conclurent qu'une fois de plus la vie s'était montrée cruelle et impitoyable, que cette terre désolée n'était qu'une vallée de larmes. Puis on constata que Monsieur McDougall avait fini par vivre dignement cet abandon et par accepter avec stoïcisme d'être privé pour l'éternité du charme d'Agatha. Il passa plusieurs années de sa vie à l'image de cette moitié du siècle : un étonnant mélange de rêves fous, de lucidité désespérée, de tristesse ensoleillée, d'humour noir. Entre-temps, le rosier avait poussé, majestueux, un rosier qui, par grand froid et grand vent, secouait ses branches comme un être humain claque des dents. Le 29 février de chaque année bissextile, il fleurissait, des tiges florifères comme jamais Monsieur Finks n'en avait vu de toute sa vie de jardinier. Les voisins ne s'en étonnaient plus, admettant que la nature avait ses caprices et que les êtres humains devaient s'en accommoder.

Un matin de printemps, bien des années plus tard, le dégel accompagné de fortes averses grossit les eaux du lac et occasionna une inondation suivie d'un éboulement. On découvrit alors, éparpillés çà et là, des ossements ; le squelette reconstitué, les experts et la police l'identifièrent comme étant celui d'Agatha McDougall. Quand on vint frapper à sa porte pour l'arrêter, McDougall ouvrit immédiatement et éclata d'un immense rire, un rire démoniaque qui effraya même les policiers.

« ... Cette exposition que l'on peut voir actuellement au Salon des antiquités et de la brocante et qui présente une série de tableaux et de sculptures, mêle,

Lumière des saisons

comme un fleuve des affluents divers, les œuvres d'artistes de cultures différentes. On pourrait les regrouper sous un thème commun, celui de : Lumière des saisons. *Les sujets, de nombreuses scènes de mémoires et de pays, éloignés, opposés en apparence, sont réunis dans une ordonnance qui fait de l'ici et de l'ailleurs une seule et même terre […].*

Des noms jusque-là inconnus émergent et, parmi toutes ces œuvres dont la fraîcheur et la vivacité obligent à s'incliner devant la force de ces talents, mentionnons une toile singulière. À première vue, on se croirait devant un discours narratif de coloriste tant les teintes sont vives, exubérantes, comme pour masquer une absence de sujet. Un regard plus attentif, un glissement imperceptible de l'œil, permet cependant de découvrir en arrière-plan, sous ces taches de vert, de rouge vif, de jaune soleil, de blanc, des parties éparses d'un squelette : fémurs, tibias, mains, pieds, crâne, chevelure dispersée par le vent composent les branchages, les feuillages et les fleurs d'un jardin. Le contraste entre le noir des os et la vivacité des teintes est aussi inattendu qu'impressionnant d'autant plus que l'ensemble se détache sur un fond d'une blancheur irréprochable. En fait, quoi de plus naturel, le blanc étant le lieu même de la couleur. Quelle relation incongrue de causalité existe-t-il entre l'exubérance de cette nature en avant-plan et ce squelette en arrière-plan ? En réalité, ce squelette noir incarnant la dissolution, la précarité donne tout son dynamisme au tableau. Tout

Regarde, regarde les lions

porte à croire que, dans cette toile, ce n'est pas la nature qui vit mais le squelette qui matérialise la vie. L'artiste semble avoir atteint là un point de non-retour de l'imaginaire où l'art reflète à la fois le désespoir qui nous envahit inévitablement dans le monde d'aujourd'hui et l'espoir tenace, rebelle... »

(*Les Cahiers du Salon*,
novembre 1999.)

Une nuit, un taxi

Lafcadio Larsène débarqua à Montréal par une nuit froide de novembre. Pour lui, cette ville n'était qu'un lieu de transit, un passage obligé, sa véritable destination étant New York. À cette époque, les États-Unis avaient fermé, comme on dit joliment, le robinet de l'immigration. Pour ceux qui, comme lui, voulaient s'y rendre alors qu'ils ne remplissaient pas toutes les conditions exigées, il ne restait qu'un moyen : passer par Montréal et de là, en autocar ou en voiture, traverser la frontière. À l'aéroport, il prit un taxi et donna au chauffeur, un être à la face hilare, l'adresse où il devait se rendre à New York. Celui-ci lui programma une grande virée nocturne dans les rues et avenues enneigées ; puis, dans la lumière blême du petit matin, il le déposa devant la place Ville Marie en lui affirmant, avec un rictus qui lui fendait les lèvres jusqu'aux oreilles, après l'avoir soulagé de trois cents billets verts, qu'il était à New York, au terminus de Port Authority ; de là, il n'avait qu'à prendre le métro en direction du Bronx. Après avoir fait maints tours et détours, sillonné des couloirs qui lui paraissaient de véritables labyrinthes, Lafcadio accosta un passant et apprit, décontenancé, qu'il n'avait pas bougé de Montréal.

Des décennies plus tard, le hasard, même si le hasard n'est pas dénué de logique, avait fait de lui un citoyen de ce pays. Les images du bout de l'île, de l'exode, de la traversée, de cette terrible nuit d'arrivée à Montréal s'étaient effacées de sa mémoire. Il en avait extirpé le pollen des fleurs malignes charrié par le vent, s'était débarrassé de la couronne de feuillages vénéneux que les années noires, le froid, l'exil avaient tressée au-dessus de sa tête. Il travaillait comme chauffeur de taxi et sa vie, à peu de chose près, se résumait à quelques activités dérisoires : arpenter les allées des parcs, flâner dans les centres commerciaux, fréquenter les bars de la rue Saint-Denis où il promenait son filet à papillons, au grand dam de sa femme. Car, entre-temps, il avait pris femme ;

Une nuit, un taxi

celle-ci regrettait, force soupirs à l'appui, les quelques belles et brèves années de tendresse et de fidélité qu'ils avaient connues au début de leur relation. Quant à lui, cet emploi du temps lui seyait ; il en était même comblé.

Cette tranche de la vie de Lafcadio m'a été relatée par sa femme. Il me l'a confirmé d'ailleurs lui-même quand il est pour ainsi dire revenu à une existence normale. Je ne voulais pas écrire son histoire sans son autorisation et je ne voulais pas non plus inventer de toutes pièces. Sur les événements advenus cette nuit de la Saint-Jean, il m'a fourni force détails et précisions. Que les choses se soient déroulées ainsi ou non, cela ne revêt pas une importance majeure puisque, c'est établi, les images du passé ont une manière de resurgir inopinément et souvent de façon inopportune. Ceux qui font profession de réfléchir sur les faits ne disent-ils pas que les situations humaines ne sont jamais exactement ce qu'elles devraient être, claires, continues, nettement dessinées, qu'elles présentent souvent un aspect défectueux, bâclé, qu'elles sont faites de morceaux, de pièces détachées ?

Selon une interprétation toute personnelle, cette vie de frivolité était la meilleure recette que Lafcadio avait trouvée pour conjurer, comme si de rien n'était, la nostalgie qui le rongeait, et surtout l'amertume que lui inspirait ce temps où il avait dû tirer sa vie avec les dents, supporter les affres de la clandestinité, du travail au noir, de l'invisible visibilité. C'était, je crois, une façon élégante de contourner son incapacité à oublier véritablement, de se contenter simplement de la donne dévolue par le sort. Quoi qu'il en soit, il avait pris la décision de laisser le temps là où il est. « N'y touchez pas, avait-il coutume de dire, car, quoi qu'on fasse, il ruisselle, clapote sur la rive des jours et entraîne au loin jusqu'aux contours de nos obsessions. » C'était sa façon à lui d'annoncer qu'il était, au bout d'une vingtaine d'années de vie à Montréal, à la veille de se pacifier et, qui sait ? de retourner vivre dans son village du bout de l'île avec sa femme et sa paire d'enfants. Car, entre-temps, sa femme lui avait fabriqué des jumeaux. La boucle serait ainsi bouclée. Naguère, il n'avait qu'à tirer à n'importe quel endroit sur le tissu de la vie et il le voyait se défaire avec la vitesse de l'éclair ; maintenant, la sombre marée du passé refluait, la rage aiguë et douce du désir, comme un mal de dents, semblait s'apaiser. La boucle bouclée, il pourrait user le reste de sa provision à reluquer le vent,

Une nuit, un taxi

à regarder passer les oiseaux migrateurs. Mais, telle l'araignée sa toile, nous croyons tisser notre destinée ; au fait, nous ne parvenons même pas à en maîtriser le désordre.

Une nuit chaude de juin, la ville brillait encore des feux de la Saint-Jean. Après avoir déposé sur la rive sud un dernier client, Lafcadio Larsène décida de rentrer chez lui. En retraversant le pont Jacques-Cartier, il vit une jeune femme, très grande, une géante qui déambulait librement en plein milieu de la chaussée. Elle déambulait, ses cheveux d'un noir de jais flottant sur ses épaules ; elle déambulait nu-pieds, d'un pas ondulant, sinueux qui reflétait une gestuelle ample, diaphane, reptilienne ; elle déambulait nue sous une ample robe de voile de lin blanc qui laissait voir, en transparence, la plénitude de ses formes : des cuisses bien galbées, des hanches rondes, des seins haut remontés.

Avait-elle les pieds palmés ou marchait-elle sur la pointe des pieds comme si l'asphalte était un vaste champ de mines qu'elle enjambait avec précaution en contournant d'invisibles obstacles ? Lafcadio Larsène eut un mouvement d'impatience en pensant à ces fêtards qui ne respectaient pas la voie publique. Parvenu à la

Regarde, regarde les lions

hauteur de la jeune femme, il appuya comme par réflexe sur les freins qui crissèrent avec ce bruit strident que font des pneus qui adhèrent mal à l'asphalte. Il était minuit à l'horloge de la tour Molson.

Plus de vingt ans qu'il n'avait pas eu des nouvelles de cette femme qui hantait les nuits de son village du bout de l'île. Chaque jour, sur le coup de minuit, une griffonne aux longues jambes de faon, à la croupe ondulante, traversait, sa crinière noire flottant sur l'échine, la place d'Armes, nonchalamment. Elle ne marchait pas, elle glissait comme un serpent d'eau qui traverse une rivière et la braise de ses yeux avait le pouvoir d'hypnotiser tout mortel qui croiserait son chemin. Les hommes, jeunes, moins jeunes, vieux, avaient cette femme enracinée dans leurs têtes d'homme au point que plus d'un, Lafcadio compris, rêvaient de se métamorphoser en courants d'air pour connaître, ne serait-ce qu'un instant, l'ivresse de faire frissonner sa peau, de faire vibrer ses reins. En même temps, ils appréhendaient cet instant, sachant pertinemment, du moins c'est ce que colportaient la rumeur et le vent (et ils accréditaient ces propos), que cette femme à la vitalité crue, entre chair et souffle, chaque nuit,

Une nuit, un taxi

s'échappait des territoires de l'au-delà, revenait hanter le monde des vivants. Elle détenait l'insolite pouvoir de donner la vie et de provoquer la mort et, cette ambiguïté, elle l'exhibait sans fard. Mère d'enfants pubères encore tout joufflus, cachez votre progéniture, cette femme à la gestuelle gracieuse, élégante se nourrit de sang, du sang de jeunes imberbes !

Lafcadio voulut redémarrer mais se ravisa car il avait vu dans le rétroviseur la femme hâter le pas, comme le font les autostoppeuses quand les automobilistes, bravant les rumeurs d'insécurité grandissante, condescendent à s'arrêter et à les prendre à bord. Il abaissa la vitre de sa portière. Un je-ne-sais-quoi d'indéfinissable dans le regard de la jeune femme l'accrocha. Était-ce le feu qui embrasait ses pupilles ? Était-ce le flamboiement d'éclairs qui illuminait son visage ? De quelle nuit sans âge et sans phare surgissait cette mystérieuse messagère ? Le sang chenapan de Lafcadio s'enflamma. Il se pencha, ouvrit la portière droite et la jeune femme, ramassant sa longue jupe entre ses jambes, prit à côté de lui la place dite du mort. Alors que le temps en cette saison est plutôt au calme, il venta brusquement sur le pont, une tempête à écorner un bœuf.

Regarde, regarde les lions

Il y eut entre eux quelques longues et lourdes minutes de silence pendant lesquelles ils se jaugèrent. Lafcadio remarqua la naissance de ses seins séparés par un délicat sillon, sa peau de pêche mûre imperceptiblement veinée de bleu. Puis il démarra en trombe. La question rituelle « Où voulez-vous que je vous dépose ? », il la posa beaucoup plus pour briser le silence qui s'éternisait que par pure formalité. La passagère sourit et continua à le dévisager de ses grands yeux zébrés d'éclairs comme un village incendié. Elle désigna un point vague de l'autre côté du pont et répondit « Par là », d'une voix à peine audible.

Lafcadio mettait ordinairement quelques minutes à traverser le pont surtout quand la circulation était fluide mais, cette nuit, le trajet lui parut interminable. Avait-il demandé son nom à la jeune femme et tenté encore une fois de briser le silence qui pesait lourd ? « Devine ! » badina l'énigmatique anonyme. Perplexe, Lafcadio ne savait plus comment nouer la conversation quand il entendit ces étranges paroles : « Je suis née, un jour, et me voilà avec ce visage, ce corps, cette odeur. Je vous plais ? Vous voulez de moi ? » À ce moment précis deux images de femmes ont dansé dans sa tête : celle qui

Une nuit, un taxi

l'attendait, comme elle le fait chaque soir, dans la pénombre du salon ; cette femme qui ne s'endormait pas avant qu'il ne soit rentré ; elle ne s'endormait pas alors même qu'il ne rentrait qu'à l'aube ; et l'autre, celle de cette femme nocturne, ramassée sur le pont Jacques-Cartier et assise à côté de lui, à la place du mort. D'une part, la présence solide ; de l'autre, la beauté passagère. Les deux images rivalisaient en lui et il ne sut jamais combien de temps il oscilla entre l'âtre et l'errance, la paix du foyer et l'aventure offerte, le certain et l'inconnu.

Il savait la durabilité, la solidité, la permanence du lien conjugal, tout ce que traduit l'expression commune des « doux liens ». Comme il n'était pas homme à bouder les plaisirs de la vie, Lafcadio ne pouvait rien contre ce désir, quoique éphémère, il le savait bien, mais violent, brutal qui annihilait toute velléité de résistance. D'autant plus qu'il se croyait aguerri, vacciné, barricadé contre l'avidité des jeunes maîtresses, immunisé contre leur féroce appétit de possession, leur rapacité déguisée en promesses de jouissances inédites. Il savait comment jouer de la prévenance dans la dissimulation car il peut rentrer une forte dose de prévenance dans la dissimulation. Lafcadio avait déjà éprouvé l'indulgence de sa femme envers ces riens et demeurait convaincu que le plaisir de l'autre procure également une satisfaction dont il serait vain de se priver car, après tout, il ne s'agit là que de cueillir une plus-value érotique sans contrepartie, un bénéfice qui ne fait tort à personne. Quel fieffé tartuffe aurait prétendu que la satisfaction du désir était dans le désir lui-même ? Et surtout, une fois ces brefs moments enfuis, ses passades, ses frasques, ses fredaines n'avaient jamais en rien menacé son pacte de stabilité conjugale. Souvent, ces dernières années, il avait été sujet à des engouements sans mesure. Souvent, il s'était laissé emporter par la vélocité fulgurante de ses sentiments, surtout ceux qui transpercent le corps, mais il avait toujours su se déprendre, panser ses blessures, lécher ses plaies. Sur lui, l'hiver des regrets et des remords, à la sortie de la saison des occasions, n'avait jamais pu étaler son sombre manteau. À quarante ans, après trente-six métiers et trente-six misères, Lafcadio qui avait connu des aventures orageuses aspirait à la sérénité, à une vie tranquille sans histoire, retranché dans la banlieue où il habitait.

Une nuit, un taxi

Quand sentit-il chavirer son esprit, lui qui ne croyait ni aux fantômes ni aux loas ? N'a-t-on pas d'ailleurs coutume de dire que ces derniers, au risque de perdre leur pouvoir, n'enjambent pas l'eau ? À quel moment se jeta-t-il tête baissée dans la lumière de l'autoroute et vogua-t-il plein nord, propulsé par il ne savait quelle force occulte alors qu'il s'apprêtait à rentrer chez lui ?

Ils débouchèrent sur un rond-point, une sorte de plaque tournante qui indiquait plusieurs directions. Lafcadio s'engouffra dans celle qui lui paraissait la plus facile. Ses yeux clignèrent sous les premiers rayons d'un soleil levant. Il vit alors se dessiner comme un mirage le relief d'une ville qu'il découvrait pour la première fois, une ville jetée là comme un défi au temps. Un monument érigé sur un tertre de terre glaise lui rappela cette tour abondamment décrite par la Bible et les exégètes, celle où Dieu, abusant de sa toute-puissance, avait infligé à l'arrogance des hommes la malédiction des langues. Était-ce cette ville grande, la Mère des Putains, qu'évoquait saint Jean, celle qui recelait en son sein toutes les abominations de la Terre, de l'Eau, de l'Air et du Feu ? Combien de temps séjourna-t-il en ces lieux ?

Regarde, regarde les lions

Des portails géants balisaient des rues bordées de murs couleur de miel pâle qui formaient d'interminables labyrinthes débouchant tous sur une grande place où affluaient résidents et pérégrins venus des terres les plus lointaines. Amalgame de couleurs, de cultures, de langues. Il y avait ceux qui s'alimentent de mouton et jamais de porc, ceux qui nouent leur chevelure en catogan ou la tressent, ceux qui fuient des contrées en flammes, ceux qu'attire le goût des plaisirs, ceux qui monnayent la beauté de leur corps. Lafcadio comprit peu à peu que la ville n'était pas faite d'une seule pièce mais composée de mille repaires de débauche, de jouissance, de vice et aussi de vertu. Dans l'un d'eux où ses pas le conduisirent par hasard, des rayons de gyrophares reproduisaient, sur un fronton qui rappelait le tablier du pont Jacques-Cartier, la terrible calligraphie du doigt de Dieu. Des haut-parleurs crachaient des récits de déluges, des épopées de grandes tueries. Une voix grave, celle d'un muezzin, scandait des extraits de l'Apocalypse. C'est dans ce labyrinthe qu'il perdit toute trace de la femme ; là aussi qu'on l'enveloppa d'une étoffe délicate, une longue robe blanche de fin lin.

Une nuit, un taxi

Au moment où le monde du travail commença à brasser les cultures et les hommes, il déferla sur Montréal une vague de nouveaux arrivants. Ils n'étaient pas des voyageurs sans bagages ; ils apportaient avec eux d'autres langues, d'autres usages, d'autres rêves et quantité de quiproquos susceptibles de provoquer des tensions voire des conflits inextricables. Le vivier des natifs, engoncés dans leurs traditions et leurs habitudes, se trouva du coup complètement bouleversé. Gênés aux entournures, pouvoir politique, policiers, avocats, juges et psychiatres qui, du jour au lendemain, s'étaient vus confrontés à de nouvelles donnes, avaient l'impression de marcher sur des œufs. Comment assumer le frayage de la différence tout en assurant l'ordre et le vivre ensemble ? On légiféra sur la langue et autres signes de convivialité, tout en reconnaissant que chaque singe pouvait gambader à sa guise sur sa branche. Mais catalogues, lois et mandements ne semblaient pas suffire. Plus les nouveaux venus s'installaient, plus les malentendus augmentaient.

Habitant depuis assez longtemps ce pays, ayant fait à l'école de l'exil tous les apprentissages, ayant reçu maints diplômes, ayant été décoré de bien des honneurs et présenté comme

Regarde, regarde les lions

un modèle réussi de citoyen intégré, j'ai souvent été appelé à la rescousse, chaque fois que les autorités se heurtaient à des difficultés d'ordre social, législatif ou simplement humain afin d'aider à limiter les dégâts. C'est ainsi que je rencontrai Lafcadio Larsène. Émergeant d'un long coma, il avait, tour à tour, raconté aux médecins, à la police et plus tard au juge, tous ahuris, une histoire qui, selon eux, était absolument chimérique : une prétendue rencontre, sur le pont Jacques-Cartier, la nuit de la Saint-Jean, avec une âme errante.

Quand je rendis visite à Lafcadio Larsène dans la cellule qu'il occupait, il eut un moment de stupeur car il ne s'attendait pas à voir un compatriote. Vêtu d'une chemise blanche garnie de liens qui paralysaient ses mouvements, recroquevillé sur lui-même, il répétait inlassablement en pleurant qu'il était un homme perdu, mort. J'ai dû déployer tout un arsenal de charmes et d'images nostalgiques, étaler toute une batterie d'arguments, vaincre sa méfiance, le mettre en confiance. Il accepta alors de me raconter d'une voix gutturale et fiévreuse son histoire ; elle semblait se dérouler de l'autre côté de la vie. Durant des heures entrecoupées de périodes de prostration et d'agitation, le regard halluciné, il parla. Je notais tout ce que pouvait capter mon oreille. Je disposais certes d'un magnétophone, mais je n'ai pas osé le sortir, craignant que la présence de l'engin ne l'enferme à nouveau dans son mutisme.

« Peux-tu m'aider à voir clair, à dissiper les ténèbres de ce cauchemar ? Peux-tu m'aider à la retrouver ? Au village, les vieux disaient qu'il fallait dresser un autel à elle dédié, paré de croix d'indigo, et la convier. Sur la table, je dois déposer une poignée d'herbes et de feuilles de verveine, quatre cubes de sucre, une bougie allumée dans une coquille de lambi, un pigeon tigré, égorgé mais pas tout à fait mort. » Quand je lui demandai le sens du message qu'il voulait transmettre, il me le déchiffra ainsi : « Je ne cesse de boire du thé pour calmer mon saisissement ; je suis aussi pâle que l'herbe sans elle ; sa beauté est celle de la porcelaine, sa brillance celle de la lumière, sa douceur celle du sucre de canne ; je volerais vers elle si on ne m'avait coupé le cou et lui crierais de vive voix ma passion. Ici, je ne dispose pas des ingrédients nécessaires. Pourrais-tu me les procurer ? » ajouta-t-il sur le ton de la supplication. Puis Lafcadio Larsène ferma les yeux. Je crois qu'il s'était endormi.

Regarde, regarde les lions

Rentré chez moi, quoique fourbu, je m'attelai à la rédaction du rapport qu'il me fallait remettre au policier qui avait dressé le constat de l'accident, acheminer à l'avocat chargé de sa défense et au procureur. C'était une rude tâche. Comme d'autres récupèrent cartons, canettes, casseroles, cuivre rouge, aluminium pour constituer leur œuvre, je devais recycler des bribes d'images, des lambeaux de souvenirs, des miettes d'instants, des bris d'émotion afin de relater un récit plausible du drame advenu cette nuit de la Saint-Jean sur le pont Jacques-Cartier. Durant de longues heures, je fus hanté par la belle allégorie de Socrate en train d'apprendre un air de flûte alors qu'on lui préparait la ciguë. « À quoi cela servira-t-il ? » lui demandèrent ses geôliers abasourdis. « À connaître cet air avant de mourir », répondit-il, imperturbable. Comment faire admettre que Lafcadio Larsène avait survolé ses défaites, les avait versées dans un songe brumeux, pensant ainsi reconquérir sa dignité d'être ? C'était une rude tâche d'autant plus que ce rapport, outre qu'il devait revêtir les apparences de la cohérence, était destiné à apaiser les craintes des âmes fraîches et naïves, à calmer l'opinion.

Une nuit, un taxi

Quand il eut achevé la lecture de mon rapport, le policier me regarda avec étonnement et me dit d'un ton chargé d'incrédulité : « Vous présentez cela comme une peccadille. Mais vous semblez oublier qu'il y a un cadavre dans cette affaire et qu'il s'agit d'éclaircir les circonstances de la mort d'une femme. »

Regarde, regarde les lions

Selon les indications fournies, il devait pénétrer par la porte latérale, celle d'habitude réservée aux artistes. Il la poussa d'un geste d'automate, buta contre une marche inexorable, fut propulsé devant un comptoir où se tenait un homme en uniforme dont les yeux disparaissaient sous la visière d'un képi et qui lui intima sans ambages, d'une voix nasillarde, l'ordre de présenter une pièce d'identité. Il sortit de la poche arrière de son pantalon un livret gris tout fripé. L'homme, manifestement, était préposé à la sécurité du bâtiment. Il ouvrit lentement le document, s'attarda sur la photo le représentant idéalement chauve, rasé au moins de la veille puisque quelques poils pointaient en piquants au-dessus des lèvres. Le gardien remonta sur son front la visière de sa casquette, leva vers lui des yeux sceptiques, les rabaissa sur le document, recommença deux ou trois fois ce manège. Le visiteur comprit la mimique : on pouvait douter de l'authenticité de la photo. Il l'avait faite voilà quatre ans déjà dans une de ces boîtes automatiques avaleuses de pièces de monnaie qui vous crachent invariablement, en quatre exemplaires, un cliché sur lequel on peine à se reconnaître soi-même.

Les gardiens s'attendent trop à ce que les photos d'identité soient ressemblantes. Ces instantanés de photomaton n'ont pas grand sens en soi. Elles sont trompeuses par nature ; l'œil électronique n'est qu'un matheux ; il ne restitue pas le contexte, non plus ce qui, au cours d'une vie, s'est produit avant, se produira après ; il est dénué d'imagination, ne peut rendre compte de l'épaisseur du temps, de la durée. Les ethnologues, ceux-là qui font profession de saisir la vérité des hommes, le savent et préfèrent, trois fois sur quatre, dessiner plutôt qu'utiliser un polaroïd. Le gardien feuilleta le passeport, s'extasia sur les sceaux, les visas qui en maculaient quasiment chaque page.

Ici, il faut que je vous fasse une confidence : celui qui a traversé le vestibule de l'immeuble d'un pas de fauve, le passeport chargé de tampons plus ou moins exotiques, ce qui lui confère

Regarde, regarde les lions

quelque prestige aux yeux de l'agent visiblement démangé de curiosité, vient de débarquer dans la ville. Il s'appelle Manès Delphin. Le recours à des sources d'informations multiples bien que lacunaires me permet de décrire les péripéties, le tourbillon des événements, l'impact de certains incidents en soi mineurs qui le contraignirent à quitter son pays. Des groupes d'opposants avaient décidé d'affronter le régime ; une longue suite de combats qu'ils perdirent. Alors des brutes et des fous furent lâchés qui brûlaient les livres au cours de cérémonies moyenâgeuses, saccageaient les appartements, déchiraient même les photos de famille. Ce que chacun avait vu de ses propres yeux, la bouche ne pouvait le conter. Manès qui n'avait pas appris l'art de plier l'échine sentit que l'air était devenu putride. Il passa la frontière et se trouva, sans papiers d'identité, sans passeport, jeté sur les routes de l'errance, une errance ponctuée d'étapes, de stations, de refuges momentanés. Il n'avait jamais pensé qu'elle durerait si longtemps. Seuls ceux qui connaissent l'exil peuvent en parler ; les autres n'en ont que de vagues soupçons.

La diversité des villes où Manès roula sa bosse rend problématique la saisie de cette vie

Regarde, regarde les lions

comme unité. Tout était devenu provisoire, l'instant n'étant plus qu'un entre deux temps fugitifs. Il avait cru d'abord pouvoir bénéficier de l'asile du pays limitrophe. Sait-on à quel prix on mange du sucre ? Sa brève expérience de coupeur de cannes le lui apprit. Une photo de l'époque évoque un homme qui ressemblait, bien qu'il n'eût que trente ans, à un vieillard, le visage livide et creux, les yeux profondément enfoncés dans les orbites : un mort-vivant. Quitter l'île devint une obsession. Manès était prêt à partir pour n'importe quelle destination pourvu qu'il existât un bateau acceptant de l'embarquer. Engagé comme marin sur un chalutier qui battait pavillon panaméen, il échoua au Surinam. Au péril de sa vie, il traversa les marécages infestés d'alligators et gagna la Guyane. Chaque ville offre au nouvel arrivant une énigme à déchiffrer. La beauté sauvage de Cayenne, ce lieu indompté, le séduisit. Mais là, il fut considéré moins qu'un chien. Évitant d'être mouillé, il avait couru sous la pluie, maintenant il se débattait en plein milieu de l'océan. L'idée de vieillir avec la hantise que ses os deviennent un tas de fumier au soleil lui était insupportable. Il aurait vendu son âme au diable pour un passeport. Celui qui en terre étrangère ne possède pas de papiers est un sans-patrie, un être hybride, semblable à l'homme qui avait perdu son ombre : il ne lui restait même plus de passé. Au bout d'une partie inénarrable de ping-pong au cours de laquelle il fut livré au bon vouloir de fonctionnaires, d'un consul, d'un préfet, il réussit à se procurer un passeport et un visa.

Il se mit alors à traîner, à travers le vaste monde, les ruines de son existence. Paris a été érigé pour qu'on s'y consume, corps et âme, dans les vapeurs de nuits fauves ; Paris est une ville où fleurissent des passions démesurées qui vous laissent au petit matin encore plus seul, tout frissonnant. Londres, cité damnée aux bas-fonds insondables, lui fit tâter les braises de l'enfer. Puis ce fut Miami, ville d'impostures où l'on croit possibles toutes les audaces. Un jour, ou plutôt une nuit, il prit un car en direction du nord. Tant de bruits soudain. Était-ce une façon de contrer le silence ? Il eut vite fait de comprendre qu'à New York, ville où les destins s'entremêlent en un interminable chassé-croisé, pas moyen de s'arrêter, encore moins de se prélasser. Dès l'aube, dès l'ouverture du métro, tout le monde se met à courir. Il avait demandé à quelques âmes charitables :

« Où vont-ils et pourquoi sont-ils si pressés ? » On lui avait répondu : « Il leur faut alimenter leur compte courant. » Était-il tombé à son insu dans un monde de fous ? Il avait siroté là, jour après jour, pendant une longue période, le même cocktail à base de débrouille, de combines, d'expédients. Personne n'avait besoin de lui, il était en trop partout. Allait-il épuiser sa vie à quêter affidavit, visa de séjour, permis provisoire de travail ? Quiconque ne l'a pas vécu ne peut imaginer la flétrissure, l'humiliation d'être sans cesse interrogé, examiné, numéroté, estampillé, fiché. On lui avait dit qu'il existe un pays où la frontière se franchit aussi facilement qu'un méridien. On lui avait dit que ce pays qu'il n'avait jamais auparavant pris la peine de bien observer sur la carte pouvait lui offrir un domicile fixe : il suffisait de trouver du travail et de vivre en bon citoyen. Voilà comment s'imposa à lui, tel un destin, ce qu'il souhaitait être le lieu ultime de son exil, le bout du chemin.

La curiosité de l'agent de sécurité lui avait fait perdre un temps précieux alors qu'il était déjà en retard. Manès signa hâtivement le cahier posé à cet effet sur le comptoir et emprunta, de son pas félin, un long couloir faiblement

Regarde, regarde les lions

éclairé qui vint mourir en barre de T sur un mur aveugle. Le gardien lui avait-il recommandé de prendre l'embranchement de gauche ou celui de droite ? Après un court instant d'hésitation, se fiant à son instinct, il opta pour la droite, parcourut quelques mètres et se trouva devant une porte close. Il y frappa quelques coups discrets, attendit un moment l'invitation d'entrer qui ne vint pas, la poussa. Sous son regard étonné, une vaste salle avec un centre inondé de lumière et, dans la pénombre, un étagement de gradins d'où montait une rumeur sourde. Manès rebroussa chemin. Il croisa des êtres étranges, entre la marionnette et l'homme, des pitres maladroits, chaussés d'épais godillots, affublés de gros ventres, de faux nez, de fausses moustaches, affairés, vaquant à de bizarres et prosaïques occupations : déménager de lourdes planches, pousser des brouettes, transporter des cadres transparents. Ils ne se parlaient pas, juste quelques grommellements de temps en temps, ne s'arrêtaient même pas pour reprendre haleine.

Manès se frappa le front machinalement avec la paume de sa main droite, mouvement instinctif ; manifestement, il avait oublié quelque chose d'important. En effet, il avait laissé sur la commode de sa chambre l'enveloppe que l'employé de l'agence lui avait remise. Trompé par la fatigue et la sieste après un déjeuner trop lourd, il avait dû s'habiller à la hâte ; il ne fallait surtout pas qu'il rate l'heure de son rendez-vous, ce qui ne manquerait pas de faire mauvaise impression. Ceux d'ici, lui avait-on dit, sont pointilleux sur le temps, de vrais maniaques de l'exactitude. Il présenterait la missive à celui qui devait l'engager. « Vous verrez, il rugit mais il n'est pas méchant ; vous le reconnaîtrez facilement, il a toujours une cravache à la main », avait précisé, avec un fort accent latino-américain, l'employé de l'agence. Il avait poussé la familiarité jusqu'à lui tapoter l'épaule d'un geste qui se voulait rassurant et lui avait chuchoté à l'oreille sur un ton de complicité : « L'affaire est dans le sac. »

Une porte s'ouvrit, un homme s'y encadra presque en ombre chinoise. Manès le reconnut instantanément ; l'employé de l'agence le lui avait bien décrit : brun, bien bronzé, profil taillé au burin, silhouette longiligne, svelte jusqu'à la maigreur. Il tenait au bout de son bras tendu une cravache nerveuse, prolongement du tremblement fébrile qui manifestement le traversait. Vêtu d'un justaucorps noir, il affichait une élégance flegmatique ; des yeux perçants, des lèvres minces sur lesquelles se dessinaient un sourire canin, un sourire de flibustier qui se changea, à la vue de Manès, en une moue circonspecte. « Je suis Manès Delphin, c'est l'agence qui m'envoie. » L'homme le toisa des pieds à la tête. « L'agence ? Ah ! Et dès le premier jour vous trouvez le moyen d'arriver en retard ! » Manès eut envie de lui crier que dehors, c'était l'hiver ; qu'un vent sec et froid lacérait les visages ; que les trottoirs brillaient comme miroirs des anges ; qu'à chaque pas on risquait de se rompre l'échine ; qu'avancer réclamait des talents d'acrobate-équilibriste ; que la bouillie de neige et de sable d'un brun noirâtre dans laquelle on avait pataugé ces derniers jours avait durci, laissant l'impression de marcher sur une chaussée défoncée ; que, ne connaissant pas la ville, il s'était égaré dans des ruelles encombrées de véhicules coincés entre des congères ; qu'il avait dû longer, aveuglé par la poudrerie, les murs interminables de la vieille fabrique désaffectée ; qu'il avait eu toutes les peines du monde à trouver l'entrée réservée aux artistes et que de surcroît un képi avait mis un temps infini pour l'identifier avant de le laisser passer.

Regarde, regarde les lions

L'homme visiblement pressé demanda à Manès de le suivre. Il le conduisit au vestiaire, décrocha d'une patère une combinaison en fourrure et la lui tendit. « Enfilez vite ce costume ; on entre en piste dans quelques minutes. » Cet ordre tomba sur Manès comme un couperet. On ne lui laissait pas le choix : il devait se déshabiller et revêtir, en se hâtant, cet accoutrement. « Quelle affabilité ! » se murmura-t-il. Quand il eut endossé le déguisement et remonté la longue fermeture Éclair, le miroir en face de lui renvoya l'image d'un animal carnassier : il était un lion en tout point semblable à ceux que reproduisent sur leurs toiles les peintres naïfs de chez lui, eux qui pourtant n'en ont jamais vu. Manès sortit du vestiaire, se fraya un chemin au milieu de l'effervescence, du remue-ménage et finit par retrouver l'homme à la cravache que tout le monde appelait Adolphe.

Un immense cercle vivement éclairé. Manès leva la tête et vit, sur fond de ciel bleu, la lumière des projecteurs accrocher des paillettes dorées aux étoiles du plafond. Des gradins montaient des applaudissements frénétiques tandis que, sur la scène, des êtres et des objets apparaissaient, disparaissaient comme par magie,

Regarde, regarde les lions

emportés par des torrents de musique. Un zouave, juché sur une roue, cyclant à tout-va, toujours en équilibre instable, donnait l'impression d'être en attente d'une destination. Manès finit par comprendre que seule comptait la concentration du personnage ; le mouvement qui l'entraînait et qu'il ne cessait d'accentuer l'obligeait à un parcours circulaire, frénétique.

Et ce fut le silence. Deux hommes-oiseaux et une femme-ange se balançaient dans le vide, se déployaient en belle lenteur, une danse fluide, une révolte contre la dérisoire « terrestritude » de l'espèce humaine. Manès restait ébahi devant ce spectacle aérien d'une étonnante virtuosité chorégraphique, réglée au plus près du corps et de ses frémissements, un somptueux pas de trois qui mêlait chutes ouatées, suspensions au-dessus du gouffre en une raideur somnambulique, enchevêtrements prodigieux d'acrobates qui lévitèrent jusqu'à atteindre le firmament et s'immobiliser au sein des étoiles. « Applaudissez, mesdames et messieurs ! » Coup de cymbales. La femme, longiligne, légère, touchée par l'aile de la grâce, se balança, trait or et blanc, un balancement d'abord très lent puis de plus en plus vigoureux au-dessus d'une phosphorescente cascade du Niagara. Par à-coups,

Regarde, regarde les lions

des volutes argentées balayaient le ciel. Le corps, en état d'apesanteur, fut happé par le souffle rutilant. Manès sentit une garnison de fourmis actives pénétrer en contrebande sous son accoutrement.

Et le gradin peuplé de murmures admiratifs : les hommes-oiseaux, qui jusque-là effectuaient en arrière-plan de subtils et adroits numéros d'acrobatie, exécutèrent des sauts périlleux et saisirent au vol la femme-ange. L'instant d'après, elle se mit à avancer, funambule inversée, sur un fil tendu. Ses pieds ailés effleuraient, caressaient le vide. Parvenue à égale distance des deux hommes-oiseaux immobiles à chaque bout, elle effectua une pirouette et sa tête vint s'appuyer sur le fil tendu, raide, invisible. Les bras déployés telles des ailes de palombe en plein vol, les jambes d'un galbe si parfait qu'on les croyait sculptées, à la verticale elle se maintint dans une position de statue, en équilibre fragile. Par quel artifice un fil si ténu parvenait-il à supporter tout le poids de ce corps ? Manès en avait le souffle coupé.

Ridicule ! Il est ridicule de s'exposer à de pareils dangers. Pourquoi les artistes risquent-ils ainsi leur vie ? Tant d'efforts rien que pour être applaudis ? Peut-être y sont-ils obligés pour que le public se souvienne d'eux, de leur nom ? Pourquoi la jeune femme jouait-elle ainsi sa vie ? Quel défi fou voulait-elle relever ? Jouissait-elle là-haut de l'émoi, de la peur des gens d'en-bas ? Manès se perdait en conjectures. Au fond, pourquoi voulait-il trouver réponse à ce qui ne le concernait pas ? Chaque luciole adulte qui vole n'éclaire que ses propres lanternes. Quand la jeune femme, le visage rayonnant, accompagnée des applaudissements de l'assistance, gagna les coulisses et passa devant lui, son parfum l'enivra. Il s'efforça de garder son sang-froid et osa à peine la lorgner par peur de céder à l'irrésistible désir de la serrer contre sa poitrine, de lui témoigner son admiration pour tant de courage, tant de maîtrise de soi.

La voix impérative d'Adolphe le fit sursauter : « En place ! tonna-t-il, c'est à notre tour. » Le haut-parleur gueulait un message peu rassurant : « Ladies and gentlemen, mesdames et messieurs, le numéro qui va suivre demande une extrême dextérité de la part du dompteur. Aussi, nous vous prions de rester assis, de surveiller étroitement vos enfants afin de ne pas exciter les bêtes. » Le dompteur ? Quand Manès comprit qu'on parlait de l'homme à la cravache, une eau froide coula le long de son échine. « Que dois-je

Regarde, regarde les lions

faire ? » lui demanda-t-il paniqué. Adolphe le regarda surpris : « Comment... on ne vous a pas... De toute façon nous n'avons plus le temps... Vous n'aurez qu'à imiter tout ce qu'il fera. » Du manche de son fouet, il pointait l'autre côté latéral de la coulisse. Manès se retourna pour voir de qui il s'agissait, qui il devait imiter. Ses pupilles se dilatèrent, sa vue s'embrouilla, l'air soudain raréfié.

Comme d'autres sens s'affinent chez l'aveugle en deuil de la lumière du jour, du vol des oiseaux et prennent la relève des yeux morts, les narines de Manès furent envahies par une odeur lourde de fauve. Un lion, un vrai, s'apprêtait à entrer en piste. Manès était tétanisé. Qu'avait-il compris quand l'employé de l'agence l'avait prévenu qu'il s'agissait d'un travail exigeant voire éprouvant, que les débuts sont toujours difficiles, qu'avec le temps et l'expérience ça irait mieux, qu'il n'avait rien d'autre à lui offrir et qu'en temps de crise il fallait accepter le premier emploi disponible ? Il lui avait parlé de compensations, des vivats, des mille et une nuits de féerie, d'inaccessibles sommets d'où on pouvait contempler le soleil, de la gloire et d'autres blablabla... de la lune qui devenait fromage.

Regarde, regarde les lions

Lui revint alors en mémoire ce fragment du temps lointain de son enfance. Son grand-père, ce vieil homme aux cheveux blancs qui n'était ni botaniste ni entomologiste, lui avait appris à observer la nature. Elle était devenue son terrain de jeux, une aventure de chaque instant. Les pierres de la Savane désolée, les roseaux de la Rivière froide, les dunes de Côte-plage, ces lieux où les autres ne voyaient que désert et eau, représentaient pour lui des myriades d'univers, sa caverne d'Ali-Baba. Les insectes, les papillons le passionnaient. Il parcourait ces territoires qui avaient pour lui la dimension de l'Univers, à la recherche de scarabées mordorés, de crabes dorés et violets, de papillons opalescents aux ailes brodées de franges d'or, de libellules vêtues de pourpre et d'azur. Tous ces éclats de beauté le faisaient rêver à d'autres sources de délices plus parfaites encore. Chaque trouvaille était l'antichambre de rencontres plus prometteuses.

Il inventait des pièges et des appâts, attrapait les gros lézards dont le regard avait le pouvoir de pétrifier, le chasseur devenant le chassé. Un soir, il captura une luciole. En la contemplant nichée au creux de sa main, il s'était demandé comment un être si frêle pouvait briller d'une telle splendeur. Son imagination d'enfant émerveillé le porta à croire qu'il s'agissait d'un diamant tombé du ciel. Il enferma la bestiole avec ses autres trouvailles plus précieuses que les émeraudes des cheikhs d'Arabie. Le lendemain au réveil, il voulut contempler sa luciole, mais il ne trouva au fond de sa caisse qu'un cadavre desséché. Pleurant à chaudes larmes, il courut se réfugier dans les bras de son grand-père qui, tout en berçant son chagrin, lui apprit que les lucioles nées avant la nuit, la mort les rattrapait aux premiers rayons de l'aurore et on pouvait, en se promenant très tôt le matin, voir leurs parures et leurs couronnes éteintes mêlées à la poussière. « Que cela te serve de leçon. Il ne faut jamais faire confiance au monde de l'apparence. »

« Qu'attendez-vous ? En piste ! » Adolphe ne se rendant pas compte qu'il était ivre d'épouvante le poussa d'une main ferme ; Manès se retrouva à quatre pattes sur le plateau, la posture de la honte. Plus le singe monte haut, plus il montre ses fesses, dit crûment le proverbe. Pourtant Manès n'était jamais monté bien haut et sa chute était si rude qu'il doutait de pouvoir jamais se remettre sur ses pieds. Pensait-il un coup de pied parce qu'il en sentait un ou sentait-il un coup de pied parce qu'il en pensait un ? La pression des bottes du dompteur sur ses fesses le faisait avancer. L'aventure prenait un tour inquiétant. Où étaient passés ses réflexes, son sens du repli élastique face au danger ? Qu'était devenu son célèbre coup de reins qui lui avait permis de se déprendre bien souvent, de se dépêtrer, de se dégager à tous coups, toutes jambes à son cou ? Naguère encore, il aurait à peine pris le temps de demander à ses pieds ce qu'il avait mangé sans partager avec eux. Là, à quatre pattes, il s'interrogeait sur la cause de leur ingratitude. Eux, d'habitude si vifs, le trahissaient. L'irrémédiable se produisait. Qu'on lui demande sa dernière volonté, l'ultime, il dira tout de go souhaiter que le vent n'emporte pas, au lieu de sa naissance, la nouvelle de cette mort sordide. Quel raffut ! Manès Delphin déguisé en lion et bouffé tout cru par un lion au cirque. Qu'était-il allé chercher dans ce pays du bout du monde ? On ferait courir le bruit que la misère, le froid l'avaient rendu fou à lier. On ne manquerait pas de lui tailler un bonnet, de retracer son arbre généalogique, de lui trouver une lignée de toqués, de dépressifs, de maniaques, de schizophrènes.

Regarde, regarde les lions

Roulement de tambour. Ovation d'une foule qu'une heure de spectacle n'avait pas lassée. Manès ne savait pas ce qui allait suivre et, en même temps, il le savait. Il était même le seul à savoir ce que toute l'assistance ignorait : il était un homme mort, perdu. Il se rappela ses classes de latin et les colles et les devinettes. Pourquoi, au cirque, les sièges des premières rangées sont-ils inoccupés, vides ? Parce que, à Delphes, au cours des jeux antiques et guerriers, il arrivait fréquemment que les lions sautent le parapet et dévorent les spectateurs qui y prenaient place, générant maints veuves et orphelins. En était-il de même dans cette contrée ? La piste était violemment éclairée et de l'assistance, il n'apercevait que des ombres.

La barrière de l'autre coulisse latérale s'est ouverte et Manès voit apparaître la gigantesque masse fauve du carnassier. Une clameur qui semble jaillir d'une seule et unique poitrine accueille son entrée. Le lion rugit, la foule l'applaudit. Il recule sous les feux des projecteurs qui font brasiller ses énormes yeux de bronze et rugit de nouveau. Des cris admiratifs célèbrent sa corpulence, sa tête imposante, sa crinière bien garnie, l'épine cornée de sa queue, la touffe fournie de poils qui en orne

Regarde, regarde les lions

l'extrémité ; ils magnifient l'aisance du géant, ses brusques mouvements d'avancée et de recul, cette puissance qui lui permettrait de terrasser une armée. Si Manès doit s'enfuir, c'est le moment, maintenant ou jamais, avant que les projecteurs qui balayent la scène ne le mettent en évidence à son tour. Trop tard. Vraiment trop tard. Le voilà en pleine lumière. Applaudissements. Il est aveuglé par des jets de feu, en pleine lumière et pourtant en pleine obscurité. Le voilà, à son corps défendant, par on ne sait quel hasard de la vie, du destin, lui, chrétien vivant dans la fosse aux lions.

La foule acclame longuement le dompteur qui le pousse du pied tout en le présentant de la pointe de sa cravache. Le lion ne paraît pas indifférent à l'ovation qui salue son adversaire ; replié sur lui-même, il est prêt à bondir, un bond fulgurant qui mettra Manès en miettes-morceaux. La chaleur sous l'accoutrement est insupportable. Secondes haletantes de silence. Manès a en face de lui un lion nerveux, peut-être affamé qui avance vers lui. Il hurle et son hurlement est couvert par des rugissements. « Regarde, regarde les lions ! » dit une voix de femme qui manifestement s'adresse à un enfant. Cette voix, il la connaît, il l'a déjà entendue, elle lui est même familière. « Non, maman ! Non ! Maman, j'ai peur ! » Le lion s'arrête, les pattes arrière fléchies. Il ne fait aucun doute, la prise sera féroce et le dépeçage sans pitié. Un vague instinct tapi, Manès ne sait où, lui commande de prendre une posture de combat. Farouche, le lion recule puis avance de biais, en diagonale. Le voilà de nouveau ramassé sur lui-même, prêt à bondir.

Toute cette histoire ne serait-elle que le fruit de son imagination ? Serait-il en train de rêver ? Sentir qu'on est l'image même de son rêve face à un lion qui rugit et dont les yeux semblent capter tous les rayons des projecteurs ! Il faudrait qu'il se réveille. Il se redresse sur ses pieds avec une violence si menaçante que le lion recule et la foule applaudit. Un court moment de répit : il pense à ce mouvement instinctif grâce auquel il a pu trancher le nœud qui le paralysait. Mais son esprit se trouble et, de nouveau, la peur s'installe au creux de ses reins, une panique d'autant plus grande qu'il lui a semblé entendre le lion parler — non bougonner — en reculant. « Les pays de l'autre bord de la mer peuvent rendre fou, lui avait dit Phifine, sa mère, au moment des adieux. Fais attention, fiston ! » Le lion revient.

Regarde, regarde les lions

Plus il avance, plus Manès entend la voix gutturale de Phifine, une voix d'outre-tombe : « Regarde, regarde, fiston ! »

Lumière réfractée de l'embrasement fugace d'un souvenir d'enfant. Phifine lui tient fermement la main de crainte que la marée humaine agglutinée de part et d'autre de la place des Héros-de-l'Indépendance ne l'emporte dans son vertigineux tourbillon. Nains acrobates, bossus endimanchés, diables cornus ceints d'écharpes écarlates, forêts de lampions escortés de torches enflammées, fanfares de trompettes, de vaccines, de cha-cha-cha : le carnaval passe. Sous une voûte palpitante de serpentins, de confettis, d'étoiles, des panaches de plumes rencontrent d'autres panaches de plumes, font la révérence et se retirent. Avancent les tam-tams. Le somptueux enflement de leurs coups déchire l'air. Suit une interminable horde de masques démoniaques, une véritable invasion. Ils descendent l'artère d'un pas dansant en virevoltant sans cesse, font claquer sur l'asphalte de longs fouets de bouvier. À la musique se mêlent des voix, l'une d'elles incitative : « Regarde, regarde les loups-garous ! » « Non, maman, non, j'ai peur ! »

La cravache d'Adolphe se déplie, s'échappe comme un éclair, tournoie, fend l'air en sifflant. « En piste ! » Le lion qui avait pris appui sur ses pattes arrière s'apprêtait à sauter, toutes griffes dehors ; il retombe immédiatement sur ses pattes, chat docile. Commence la parade. La foule hurle d'enthousiasme. Manès laisse échapper un profond soupir de soulagement. Et, puisque Adolphe lui a recommandé d'imiter l'autre lion, il se met à trotter lui aussi. Ils font ainsi trois tours de piste. Manès frissonne quand il voit les anneaux enflammés descendre, s'arrêter et se balancer à plus d'un mètre au-dessus du sol. Le dompteur cravache l'air. Le lion saute le premier. Manès, les yeux fermés, saute après lui. Les anneaux de flammes se déplacent, augmentant de plus en plus les distances qui les séparent les uns des autres. À chaque fois, le lion saute et Manès l'imite, ne sachant par quel miracle il réussit à passer indemne à travers ces brasiers. Applaudissements frénétiques de l'assistance. Le dompteur salue et, à grands coups de cravache sur le plateau, oblige les lions à s'aligner et à sortir de scène à la queue-leu-leu.

Manès marche d'un pas hésitant. Une fois ensemble dans les coulisses, l'agressivité du lion envers lui ne refera-t-elle pas surface ? Le voilà qui justement fait volte-face. Manès esquisse un mouvement de repli et se cogne contre la poitrine osseuse d'Adolphe. « Hé, là, le nouveau ! Cool, cool, man, cool. » Le lion se redresse sur ses pattes arrière et s'incline en une balourde révérence. « Après vous, sire ! » dit-il en indiquant la porte du vestiaire. Manès fut secoué par un fou rire, des hoquets immodérés, inextinguibles. Il rit de lui-même, du ridicule de la situation, de sa naïveté.

Quand la porte battante du vestiaire se referma derrière eux, les deux lions descendirent d'un même geste la fermeture Éclair de leurs combinaisons, les laissèrent choir à leurs pieds. Ils se regardèrent et s'esclaffèrent. Ils riaient, un superbe et tragique éclat de rire, à s'en tenir les côtes, en échangeant de lourdes et chaudes claques sur les épaules. Sous leur accoutrement, ils étaient nus. L'autre lion s'appelait Félix ; un compatriote de Manès.

Dehors, il faisait encore grand vent. Les érables exhibaient des troncs si rongés par le froid qu'ils semblaient avoir perdu tout espoir de printemps et, lorsque la bourrasque agitait leurs branches veuves de feuilles, elles geignaient un cliquetis d'os de squelettes dansants. La poudrerie tournoyait au-dessus de la chaussée envahie par la neige. En face, sous la

Regarde, regarde les lions

lumière blafarde du réverbère, une longue colonne ténébreuse espérait le bus, pareille à une armée après la déroute : épaules rentrées, en rang, ils attendaient en battant le sol des pieds, havresac au dos. Félix et Manès zigzaguèrent entre les automobiles qui, péniblement, remontaient la pente verglacée.

Des nouvelles de Son Excellence

Quinze ans déjà. Papaphis dormait peu. Il restait éveillé de longues heures, troublé par les images qui, soir après soir, l'attendaient au pied du lit, fermement décidées, quoi qu'il fît, à partager sa couche. Ce qu'il voyait dans l'obscurité de ses nuits, seules ses paupières closes le savaient. Les événements avaient eu lieu si brusquement. Les pneus enflammés, les barricades, les vociférations, l'ire de la foule impétueuse, la populace devenue soudain souveraine bousculant les soldats qui, contre toute attente, fraternisaient avec elle ; notables et maquereaux, bâtards et fils légitimes, femmes vertueuses et cuisses hospitalières, ouvriers et étudiants agitant des branches de laurier ; la fuite sous une haie de crachats et d'insultes. Ces scènes et ces voix hantaient encore Papaphis. Le désastre que son règne avait provoqué, titraient les journaux, laisserait des blessures qui ruisselleraient encore au troisième millénaire.

Un soleil pingre s'aventurait dans la chambre par les rideaux grands ouverts. Papaphis renonça à se rendormir. Il était d'ailleurs persuadé que cette journée marquerait un tournant de son existence. Son rêve, un de ces songes du matin dont il gardait des souvenirs à la fois fugaces et nets, confortait cette impression. Capitaine héritier d'un navire dont il avait perdu le contrôle après une mutinerie sanglante, il avait été appelé à en reprendre le commandement. La galère était en pleine dérive. Poussée par un vent mauvais, le vent de novembre qui, comme tout vent violent contrarie le navigateur et le force à avancer en direction opposée, elle avait frappé un récif et déchiré sa coque. Papaphis jouait au hardi navigateur, à celui qui, sur la dunette, impassible et têtu, scrute l'horizon, garde le cap, dynamise les hommes. Il courait partout, colmatait les brèches, tançait l'équipage qui s'entretuait, descendait à la soute, ranimait l'ardeur des machinistes ivres qui avaient cessé de pelleter le charbon, remontait au poste de commande, redressait la barre et mettait le cap sur la

Des nouvelles de Son Excellence

bonne direction. Cette tâche, quoique ardue, lui procurait un bonheur infini.

Au sortir de ce rêve, Papaphis ouvrit les yeux, les referma, les rouvrit de nouveau, les écarquilla pour s'assurer que ce n'était qu'un leurre des ténèbres. Une fragrance de lavande saturait l'air de la chambre et une forme imprécise s'agitait devant sa fenêtre, dans l'aube blafarde. Nazar, son homme à tout faire, de blanc vêtu, juché sur une échelle, s'acharnait à redonner aux cyprès de Provence agrémentant l'immense cour leur forme oblongue d'antan. Au dîner, la veille, sa mère, la Première Dame comme l'appelait encore son ancienne nourrice devenue cuisinière-femme-de-ménage-dame-de-compagnie et qui les avait suivis dans leur exil, avait intimé l'ordre à Nazar de se réveiller tôt afin de remédier à l'indigence d'un jardin revenu presque à l'état primitif. Les ronces avaient chassé toutes les fleurs qui n'étaient pas celles de la libre nature. Une végétation sauvage proliférait, mangeait les pelouses et les pierres des allées, dépassait les bords des fenêtres, grimpait en certains endroits jusqu'au toit, nouant ses lianes aux pentures rouillées des portes qu'on n'ouvrait plus. Les buis, non entretenus, étaient hérissés de rameaux hirsutes.

Regarde, regarde les lions

Sa mère avait-elle la nostalgie, quinze ans plus tard, de pelouses parfaitement entretenues, de parterres fleuris de roses et d'œillets, de chutes dégringolantes venant mourir au fond de vastes bassins, de jets d'eau ingénieusement musicaux ? Gardait-elle encore souvenir de ce paysage heureux où le soleil, quand il prend congé, enflamme les bougainvillées et rosit, de son ton le plus suave, le plus exquis, le blanc des jasmins de nuit ?

    Aujourd'hui, Papaphis attendait une visite. La veille, un messager avait sonné à la barrière et remis à Nazar un pli qu'il prétendit urgent. Papaphis en avait pris aussitôt connaissance. On lui annonçait la venue d'un émissaire chargé de l'entretenir. Au bulletin de nouvelles de vingt-deux heures, le speaker parla de manifestations violentes qui avaient été sauvagement réprimées par l'armée, de guerre civile larvaire qui sévissait dans le pays lointain, placé en permanence sous les feux de l'actualité. Les caméras avaient braqué leurs lentilles sur ses bidonvilles de la détresse, sur les scènes de carnage qui l'affligeaient, sur les navires de guerre des puissances dites amies croisant au large. Le bruit courait que Papaphis serait ramené par les Occidentaux pour

Des nouvelles de Son Excellence

que de nouveau règne l'ordre dans toute sa rigueur.

Voilà déjà plus d'une décennie qu'il habitait cette ville, capitale du parfum, dans le décor presque immatériel d'un manoir qu'il n'aimait pas. Vue de l'extérieur, une façade de grand style, une résidence digne d'abriter un chef d'État. D'ailleurs, plusieurs avant lui y avaient séjourné soit incognito, soit comme invités officiels de la République, soit encore comme réfugiés politiques, le temps de se refaire une virginité. Papaphis abhorrait cette maison qui trônait austère au-dessus d'un étagement de terrasses, au centre d'un parc. Il la jugeait triste avec son vestibule d'une froideur aristocratique, au dallage funéraire de marbre polychrome. Il exécrait ces fenêtres étroites et hautes, pareilles à des sarcophages d'où il était contraint de regarder le temps s'égoutter d'un ciel d'hiver laiteux. Il trouvait lugubres ces couloirs aveugles d'une incalculable profondeur et qui sentaient le moisi. Il s'essoufflait à monter et descendre ce monumental escalier de parade. De plus, il trouvait cette résidence humide, glacée, trop exposée aux caprices de la tramontane. On lui avait vanté la chaleur, la lumière de la Côte d'Azur. Lui, il trouvait ce climat amollissant, déprimant. La quarantaine à peine, il souffrait déjà de douleurs rhumatismales. La maison aurait besoin d'être chauffée en toute saison. Cela le soulagerait. Certes, il jouissait d'une vue imprenable et, par temps clair, il pouvait même voir les lumières de l'île de Beauté. Mais la nature ne lui avait jamais été source de jouissance. Il n'avait aucun penchant particulier pour les rochers en surplomb, les ciels d'orage, les flots écumants.

Ces dernières années, la maison avait fait l'objet de nombreuses spéculations. L'actuel propriétaire, celui qui la lui avait passée en retour de services rendus alors qu'il était au poste de commande, un homme de loi dont Papaphis ne cessait de maudire le nom. Son entrée dans sa vie avait coïncidé avec la totale désaffection de Suze-Anne, son appauvrissement et son désarroi. Car il était pratiquement sans le sou, rencontrait des problèmes insurmontables pour régler les factures de gaz, d'électricité. Lui qui avait été tout-puissant ! Lui qu'on disait né coiffé, une cuillère en argent à la bouche, successeur à vie d'un père à vie ! Lui, un cocu ! Alors que des femmes volcaniques chuchotaient partout qu'il avait partagé leurs couches et leurs nuits. Il s'était même trouvé des maris qui les avaient tellement crues qu'ils avaient rejoint, sous ce fallacieux prétexte, les rangs déjà bien garnis de ses ennemis. Il s'en était trouvé d'autres qui lui avaient attribué des paternités douteuses, lui présentant des nouveau-nés qui n'étaient manifestement pas les siens. Le lait ne sortait pas encore de son nez que déjà des familles jadis unies s'entre-déchiraient, tout froc à l'air. Le frère, la sœur disputaient âprement à un autre frère, à une autre sœur, ses faveurs.

Sur la persistance de son célibat, on répandit des histoires incroyables. Un quotidien de la capitale avait rapporté — et dire que Dieu qui l'a créé lui avait infligé la punition de lire un tel torchon ! — qu'il avait épousé sa propre mère. Le mariage aurait été célébré à la cathédrale, par l'archevêque en personne. Il n'était pas homosexuel, mais on avait prétendu qu'il était à voile et à vapeur et ses adversaires avaient vu là une évidente manifestation de sa perversité. Il multiplia comme parade des conquêtes féminines effrénées. On y décela des signes de schizophrénie galopante. Se pouvait-il que ces rumeurs, bruits, cancans aient été à l'origine de la chute et de l'exil ?

Regarde, regarde les lions

Ce matin-là, il rejeta ces hypothèses simplistes sur lesquelles sa raison avait tant de fois achoppé. Accrochée au mur lui faisant face, une pièce de soie brodée aux petits points reproduisait l'image de son père. Cachés derrière des lunettes à monture d'écaille, d'une rare transparence, des yeux perçants où se lisent la rouerie, l'intelligence maligne de celui qui connaît toutes les ficelles du pouvoir et l'art de les tirer. Des tempes argentées, des sillons profonds sur le front et sur les mains trahissent cependant une certaine lassitude, la fatigue d'un homme qui s'est arc-bouté aux commandes, bons vents, mauvais vents. L'artiste naïf, probablement parce qu'il était naïf, avait su capter et reproduire ce moment unique où la puissance est ramenée aux dimensions d'un avenir sans profondeur.

Papaphis avait ressenti douloureusement son décès inattendu. La même salve de coups de canon marqua les obsèques de son père et son accession au pouvoir. Sur la table de chevet, bien en évidence, l'album recensant sa gloire passée. D'abord, les cérémonies d'intronisation : se lisait dans ses yeux toute l'angoisse devant l'inconnu qu'il devait affronter. Il n'était pas encore initié au code secret de l'univers, à la

Des nouvelles de Son Excellence

richesse des saisons, à la décision unanime des feuilles de tomber sous la caresse violente des premiers vents de novembre, à la pérennité du soleil et sans doute à la migration des âmes, quand il succéda à son père, le vingt-deuxième jour du neuvième mois de l'année où les fureurs de la tornade ravagèrent le pays ; où il tomba tellement d'eau que la terre, comme une éponge, aspira bêtes et chrétiens. Les survivants en étaient restés estomaqués. Voilà les photos le montrant la première fois que, vêtu d'un habit militaire, la poitrine bardée de décorations gagnées sur on ne sait quel champ d'honneur, il passa en revue les troupes. Suivaient celles de la première exécution capitale à laquelle il assista : un pénible cauchemar qui oppresse sans que jamais le réveil ne vienne en délivrer.

Très vite cependant, courtisans, serviteurs, opposants découvrirent une vérité qui pourtant date des Évangiles : le petit du tigre est un tigre. Papaphis régna une bonne dizaine d'années, un règne de malédiction. On aurait peine à trouver un mot plus juste. Douze ans au bout desquels il connut le destin des hommes qui, montés au pinacle de la gloire, de la magnificence, lieux où surhommes et dieux fêtent les noces de l'immortalité, se réveillent, un matin, pitoyables, mortels. Papaphis avait quitté la scène, tiré les rideaux, nettoyé son maquillage. « Ô père ! gronde encore la vague qui m'a tiré en bas ? »

Les photos libèrent leurs fantômes : voici les festivités du mariage avec Suze-Anne. Somptueuse la noce qui convia la jet-set internationale, les dignitaires de l'Église, des ambassades et des consulats. Rien n'y manqua. Mercedes enrubannées, voûte d'acier, cortège de fillettes et demoiselles d'honneur en satin de soie moirée, défilé de hauts fonctionnaires, de hauts gradés, de maîtres pensants paradant ou de femmes mannequins à la silhouette effilée ou d'imposantes pièces montées, de golden boys se débattant dans les spasmes spéculatifs : ce mariage leur apporterait-il profits vertigineux ou déficits abyssaux ? Ils étaient tous là, crabes follement agités dans le marigot. La nuit trouva des invités vautrés sur les canapés comme des cachalots échoués sur la grève, mâchoires béantes, gilet de travers, la coupe, une fois de trop, remplie. Si belle que fût la noce, les lendemains ne chantèrent pas. Tant qu'il avait eu devant lui la perspective du mariage, il avait cru voir se dessiner un paradis de volupté. Mais avec Suze-Anne, il n'avait

Des nouvelles de Son Excellence

connu qu'un face-à-face lugubre. Elle cumulait les pires défauts : frivolité, superficialité, paillardise, prodigalité. Sa mère avait eu raison qui lui avait conseillé de boire de l'arsenic plutôt que d'épouser cette crotale.

Qu'il était loin le temps des fiançailles, des serments d'éternité, du mariage, de la belle-mère obsédée par les faux pas, les fautes d'usage et de goût d'une bru qui n'en avait cure ! Qu'il était loin le temps où les épouses de ministres, de hauts fonctionnaires se disputaient le privilège de lui tenir ostentatoirement compagnie, prêtes à verser des larmes diluviennes sur ses petits malheurs quotidiens : deux lignes de méchanceté voilée à la une d'un journal, une inauguration ratée, la trahison d'un courtisan qu'on aurait juré fidèle. La représentation achevée, acteurs et spectateurs s'étaient dispersés, le laissant seul. Il avait dû réapprendre à vivre. Exilé, il passait ses journées enfermé dans ce nid à courants d'air, en compagnie de sa mère, de sa nourrice-femme-de-ménage-cuisinière et de son homme à tout faire, un immigrant illégal qu'il avait engagé. Depuis quelque temps, il ne pouvait plus le payer mais Nazar était heureux de trouver un gîte et surtout d'être au service d'un ancien souverain.

Regarde, regarde les lions

Papaphis ne s'attarda pas ce jour-là à faire le décompte de ses misères. Il était fermement décidé à tout oublier : l'exil, sa femme, sa mauvaise fortune, les coups d'État successifs au pays lointain, les élections ratées ou réussies. L'avenir s'annonçait sans ombre. Le premier indice en avait été cette lettre lui faisant part d'une visite. Elle était encore posée sur la table de chevet ; il en caressa longuement le papier. Ce jour verrait la réalisation du désir qui lui tenait le plus à cœur. Aussi, quand la silhouette chenue de sa mère, le corps tombé comme une vieille peau de tambourin (elle venait de fêter ses quatre-vingts ans), se profila à la porte, comme chaque matin à cette heure, il lui lança d'un ton guilleret : « Mère, aujourd'hui, j'attends une visite importante ! » Dans sa voix, un écho de l'excitation de jadis. Sur son visage, le brouillard étalé comme un édredon semblait dissipé et laissait briller de nouveau le soleil.

La Première Dame regarda son fils les yeux emplis de découragement. Depuis quelque temps, Papaphis semblait jouer sa vie à pile ou face. Pile, il retournait au pays, reconquérait le pouvoir, remettait de l'ordre dans le panier à crabes, restaurait la cellule familiale éclatée. Face, et son visage bâillait comme un godet, la force des événements diluant l'espoir de retour, annulant toute prévisibilité. Le fils n'avait pas l'habileté du père qui avait su mettre hors jeu rivaux et ennemis. La perte du pouvoir l'avait liquéfié davantage à la manière d'une bougie allumée qui, en coulant, se mêle à sa propre graisse. Elle vit la feuille emplie d'une écriture serrée et sa bouche proféra ses habituels anathèmes. Ils tombèrent comme des météores, en pluie d'étoiles filantes, contre ses anciens amis et collaborateurs qui le nourrissaient de chimères et qui, en même temps, sous le couvert de l'anonymat, atteints de démangeaison verbale comme chiens tarabustés par les puces, répandaient à son sujet toutes sortes de sornettes répercutées par les périodiques à grand tirage : il était atteint du sida ; il faisait la manche sur la promenade des Anglais travesti en femme ; toutes sortes de ragots qui le livraient en appât à la curiosité malsaine de ses ennemis, comme la viande avariée aux mouches.

« Arrête, mère ! Tu ferais mieux de retirer du coffre en cèdre où tu les as rangées depuis quinze ans tes toilettes de gala et de les envoyer chez le teinturier. » La Première Dame contempla son fils avec commisération, exhala un long soupir et se retira. Papaphis, lui, s'affairait, sortait

Regarde, regarde les lions

de l'armoire Louis XVI complet, chemise, cravate et chaussettes assorties, s'habillait, vérifiait dans la grande psyché placée à côté de son lit à baldaquin la correction de sa tenue. Ce geste, il ne l'avait pas fait depuis une éternité. La dernière fois qu'il s'était vu, l'image renvoyée par le miroir ne lui avait pas plu. Papaphis y avait découvert un homme vieillissant, la lumière éclairant la peau du crâne à travers des cheveux clairsemés. Depuis, il avait cessé de se regarder et parvenait même à se raser sans utiliser les services d'une glace.

Nazar, après avoir frappé à la porte de la chambre sans obtenir de réponse, pénétra en s'excusant et annonça qu'un visiteur voulait voir « Son Excellence » ; il lui avait demandé d'attendre au petit salon. Il jugea bon d'avertir que le personnage était plutôt taciturne. Papaphis enfila le long couloir avec précipitation. En descendant les dernières marches de l'escalier, il vit la nuque velue d'un homme debout devant la porte-fenêtre qui contemplait le jardin embroussaillé. Il marcha vers lui, les mains tendues. « Je vous attendais ! » Un silence qu'il perçut plein d'angoisse lui répondit. L'homme ne se retourna même pas. Papaphis sentit qu'il devait dire quelque chose, mais tout

Des nouvelles de Son Excellence

dans l'attitude de l'homme, et surtout, une certaine raideur distante, l'en dissuada.

« À nos ennemis, nous croyons donner la mort alors que de nos propres mains nous les rendons immortels. » Ainsi parlait Nazar accoudé au comptoir du bistrot où il venait tout juste d'être engagé comme préposé au vestiaire, avec un accent empreint de tristesse. Non parce qu'il venait de perdre une source de revenus somme toute assez maigre, plutôt parce qu'il avait subi une dégradation en n'étant plus au service d'un célébrissime personnage. Ces dernières années, il avait été le fidèle et loyal serviteur de Papaphis. « Ma parole, Nazar ! Te prends-tu pour Hérodote décrivant la vie de Cléomène, le roi fou de Sparte ? » railla un client. « Des farceurs peuvent adopter cette posture, répliqua Nazar sans broncher. Mais moi qui ai connu Papaphis, qui l'ai servi pendant toutes ces dernières années, je sais ce qui lui est arrivé. »

Quand l'homme lui fit enfin face, Papaphis sentit son sang se figer. Il vit ce visage balafré, ces lèvres dures et serrées comme celles de quelqu'un qui n'a pas parlé depuis un lustre. Il pressa ses mains sur son front, sur ses yeux afin de repousser la vision qui s'imposait à lui. Il avait lui-même cinglé cette figure de plusieurs coups de cravache. Les souvenirs affluaient de façon décousue : la haine inspirée par des réponses insolentes, la rage que provoquaient des yeux à la lueur railleuse, méprisante. Cet homme appartenait à son passé. Il l'avait fait fusiller il y avait plus de vingt ans. Papaphis aurait souhaité zapper comme on le fait devant le petit écran d'un téléviseur. Mais ce matin-là, et les jours qui suivirent, le disque du monde, pour lui, resta bloqué.

Toute honte bue

Elle s'appelait Félicienne et, jusqu'en classe de première, avait fréquenté le lycée dont sa femme assumait la direction. En pleine année scolaire, elle avait brusquement interrompu ses études et décidé d'épouser un médiocre fonctionnaire qui, depuis quelque temps déjà, la poursuivait de ses assiduités. Sa femme lui avait demandé de l'accompagner au mariage. Durant toute la noce, il l'avait regardée longuement : une silhouette élancée, des mouvements décontractés, très sûre d'elle. Il l'avait détaillée, l'avait presque dépouillée de sa robe nuptiale. Jamais corps ne lui avait paru plus affriolant. Cette insistance n'avait pas échappé à la mariée. Nullement troublée, elle avait soutenu son avance muette de ses yeux de nuit. Il interpréta la flamme qui les embrasait comme un accord tacite ; elle semblait même ajouter :

quand tu voudras. Il s'était mis alors à la désirer, jambes coupées, à la vouloir pour lui tout seul. Il sentait confusément que ce ne serait pas comme avec les autres, reines d'un jour, vite ravalées au rang de vieilles chaussettes. Il aimerait boire avec elle, manger avec elle, entendre son rire à perpétuité, la prendre trois fois par jour comme une vitamine, l'aimer au grand vent, la balayer comme un ouragan, la saccager comme un village bombardé.

Le bruit se répandit dans la ville qu'elle l'avait mis cul par-dessus tête, au grand bonheur d'une armée de tripoteuses, de colporteurs, de magouilleurs. Il parvint même jusqu'aux oreilles de sa femme : il s'était amouraché d'une de ces jeunesses dont le style est de vivre de l'amour. Ces séductrices n'ont aucun sens de l'abnégation, du sacrifice. Ces ingénues se servent de leur corps comme instrument de pouvoir. Ces oiselles au ventre joyeux et prodigue peuvent apporter non l'amour mais la douleur de l'amour. Qu'il se le tienne pour dit.

Ulrik Messidor traversait une période de grâce. Depuis ce retentissant procès, contre

Toute honte bue

toute attente, gagné, il avait parcouru bien du chemin. Il était devenu, du jour au lendemain, l'avocat le plus en vue, celui que réclamaient tous les P-DG des grandes entreprises et un jour, consécration ultime, il fut mandé par le prince lui-même en son palais. Il s'y rendit sans délai. Quand il en revint, ses collaborateurs firent cercle autour de lui, démangés de curiosité. Il leur annonça, sourire fendu jusqu'aux oreilles, qu'il allait désormais se consacrer aux affaires de l'État. Le prince l'avait nommé ministre de la Justice. Favori, il avait même un rang plus élevé que les autres : il était ministre d'État. À ce titre, il pouvait amnistier qui lui plaisait, emprisonner qui le gênait, condamner d'ingambes vivants, rappeler à la vie des morts d'anciennes sépultures, ruiner tout mortel impudent et même ternir réputation et vertu. Cette charge ne lui faisait pas peur.

Frappés de stupeur admirative, ils sablèrent le champagne. Ils le savaient homme à ne point oublier ses amis. Ils en sablèrent plusieurs rasades et les langues se délièrent. Comment percer le secret d'une réussite si flamboyante ? Comment Ulrik Messidor avait-il trouvé la porte d'accès aux plus hautes sphères du pouvoir ? Comment pouvait-il nager avec une telle aisance aussi bien dans les eaux des affaires que dans celles de la politique ? Avec une feinte modestie, il leur concéda qu'il ne faisait rien d'autre que suivre son destin en observant le précepte de son défunt père : ne jamais plonger en contresens du tourbillon et rejaillir avec l'écume.

Ces propos sibyllins suscitèrent méditations et conjectures. Chacun y alla d'une phrase de sagesse, d'une maxime ; elles coulaient dru, tout aussi énigmatiques : c'est au cœur de la métamorphose et de la précarité que se loge la véritable continuité des choses ; il existe ici-bas une voie qui mène à la pauvreté et une autre qui mène à la richesse ; bienheureux ceux qui, dès leur prime jeunesse, savent choisir la bonne. Un vieux sage qui jusque-là s'était tenu coi conclut que tout être pourvu de sept orifices, de dents, de bras, de cheveux sur la tête, qui se tient debout, court, gambade, s'appelle un homme. Qu'importe s'il possède des cornes, des crocs, des griffes acérées, il faut le considérer comme un parent parce qu'il a figure humaine. Tous ceux qui étaient présents ce jour-là, amis, collaborateurs, rivaux, courtisans comprirent qu'Ulrik Messidor avait un cœur de fauve.

Toute honte bue

On peut tout obtenir de la plupart des hommes en les prenant par la vanité. Il ne l'eût avoué à personne, mais s'entendre appeler monsieur le Ministre, voir des yeux se baisser, des tailles s'incliner avec obséquiosité le comblait d'aise. Sa journée terminée, il quittait le ministère seul, sans chauffeur, sans garde du corps ; il avait à régler des affaires personnelles, fort agréables en l'occurrence. Une fin d'après-midi qui s'annonçait comme les autres, quelqu'un cogna à la vitre de sa voiture et le supplia de lui accorder un entretien. Il ne prit pas le temps de regarder l'importun. Pressé, il le dirigea vers son chef de cabinet.

C'était le lundi d'après les grandes pluies saisonnières. Le ministre arriva tôt à son bureau. Il sortait d'une nuit d'insomnie et ressentait une étrange brûlure au creux de la poitrine. Était-ce l'angoisse d'avoir appris qu'il était pisté, épié par son rival et ennemi déclaré, le ministre de l'Intérieur, un être entièrement déterminé par les circonstances, les désirs et les appétits ? Ce gros poussif, laid, d'une laideur bien à lui, toujours l'air sanglé comme un mulet de bât, jurait à tout venant

Regarde, regarde les lions

qu'il finirait par avoir la peau d'Ulrik Messidor, à moins que ce prétentieux n'emprunte avant la route de l'exil. Ce matin-là, le ministre arriva donc très tôt, il n'était pas sept heures ; ainsi peut-on expliquer qu'il traversa le couloir au milieu d'une haie de courtisans s'escrimant à des joutes où s'affrontaient savants et sots, forts et faibles, donnant de la voix, s'arrosant copieusement d'insultes qui ne faisaient sourciller ni les uns ni les autres, s'échangeant les épithètes si vivement que l'on ne savait plus qui assenait, qui recevait. Son chef de cabinet ne les avait pas encore, comme d'habitude, dispersés.

Ne pouvant tout de suite consulter ses dossiers, sa secrétaire n'étant point encore là, il se mit à la fenêtre qui lui offrait une vue imprenable sur le bleu éblouissant de la mer sous le soleil du matin et sur la vastitude de la plaine interminable jusqu'à la ligne d'horizon. Le vent frais de novembre avait chassé à petits coups les nuages vers la montagne et le ciel lavé prenait un air de premier matin de la création. Rêvait-il à la douceur de vivre ou à la précarité de cette terre qui a la réputation d'être glissante ? Le chef de cabinet frappa à la porte, le sortant presque en sursaut de sa rêverie. Il le salua comme à l'ordinaire avec beaucoup d'onctuosité et insista pour qu'il reçoive — obligation de popularité exige — un homme à qui il avait donné rendez-vous et qui voulait l'entretenir seul à seul d'une affaire extrêmement importante.

Celui que le chef de cabinet introduisit n'était plus très jeune : de petite taille, sec, le crâne largement dégarni, il roulait des yeux glauques. Quiconque l'eût tant soit peu observé aurait compris que la déveine avait croisé ses deux pieds sur sa poitrine. La lassitude marquait ses traits, et peut-être aussi l'anxiété, le désarroi. Ulrik Messidor ressentit de la gêne quand il reconnut en ce triste individu le mari de Félicienne. Bien qu'il l'ait invité à s'asseoir, l'homme resta debout, s'excusa de lui voler son temps, car il savait le temps d'un ministre précieux. Ulrik Messidor garda silence. Il n'avait rien à dire d'autant plus que la fatigue d'une nuit d'insomnie avait quelque peu esquinté son énergie, émoussé sa vivacité, changé son biorythme. L'heure était en effet peu propice à la perte de temps, aux paroles inutiles. Qu'il accouche au plus vite et qu'il débarrasse le plancher. Peut-être manifesta-t-il tout cela par un vague geste d'impatience.

Regarde, regarde les lions

L'homme, à son grand effarement, tomba à genoux devant lui. Il bafouilla qu'il n'irait pas par quatre chemins. Des indélicats et des malfaisants lui avaient appris que sa femme le trompait. Il était venu le supplier — et il le faisait à genoux, comme il pouvait le constater — de la lui laisser, car il l'aimait Félicienne, comme la prunelle de ses yeux. Elle ignorait tout de sa démarche. Certes, elle avait le sang chaud... À ces mots, le ministre l'interrompit tout en lui signifiant de se remettre debout : c'était une affaire qui aurait dû se régler entre mari et femme. Du plus profond de lui-même, il ne voyait pas comment il pourrait l'aider et en quoi son amour de prunelle le concernait. Néanmoins, il était convaincu d'une chose : en général, les femmes au sang chaud jouissent si on satisfait leurs désirs et s'irritent quand on les contrarie. La fidélité ne bourgeonne pas comme une fleur sauvage. Il connaissait au moins trois raisons qui assurent à un homme la constance d'une femme : ou bien il est intelligent, ou bien il a beaucoup d'argent, ou bien il baise divinement. Or, à le voir en si piteux état, il n'était pas difficile de deviner qu'il n'avait pas un rond ; entreprendre une telle démarche était une preuve manifeste

Toute honte bue

de son degré d'intelligence et, d'après les nouvelles qu'il en avait, du côté du lit ce n'était pas fameux. Les courtisans qui devisaient en attendant un éventuel tour d'être reçus par le ministre entendirent un cri de bête blessée qui leur coupa le sifflet, net. Le ministre se leva, prétexta une affaire urgente et congédia le visiteur avec une extrême courtoisie.

Félicienne devint dès lors sa maîtresse attitrée. Il commença par lui offrir un nid destiné à abriter leurs amours. La maison leur avait plu au premier regard. Réfugiée derrière de hautes murailles qui semblaient tenir à distance l'accablant quotidien, entre cour et jardin, elle avait été conçue par un architecte soucieux, à n'en pas douter, de la qualité de vie que devrait y mener sa famille. Celle-ci n'en jouit pas longtemps, l'architecte se voyant contraint, du jour au lendemain, à gagner l'exil. Même sur ce versant de la montagne où les villas rivalisaient de luxe entre elles, cette demeure était exceptionnelle. En pierre de taille, cette pierre légèrement teintée de rose extraite des carrières du Sud, on l'aurait dite érigée là pour magnifier la splendeur des nuits caraïbes.

Ceux qui en avaient suivi la construction célébraient la rapidité avec laquelle fut réalisée cette œuvre d'art ; en deux temps et trois mouvements, ils avaient vu défiler les différents corps de métier : tailleurs de pierre et maçons, plombiers et électriciens, charpentiers et ébénistes, ferronniers et vitriers. Du jamais vu : ces experts travaillaient avec célérité et, même la nuit, à la lueur des lampes à kérosène. Le paysage avait changé, les bois autour étant devenus jardins hauts et jardins bas, pergolas et parterres. Bien orientés, à l'abri du vent, les arbres à essence et les arbres fruitiers aux noms évocateurs que la scie avait épargnés entretenaient une atmosphère de douceur sur les galeries, les vérandas, les terrasses, ombrageaient les longues allées. Une pièce d'eau décorative dispensait assez d'humidité pour que prolifère un bosquet de roses, toutes les variétés de roses, de la blancheur la plus immaculée au pourpre le plus intense. Les meubles et bibelots qui paraient cette somptueuse demeure avaient été importés directement d'Italie et de France. Félicienne avait gagné le gros lot, elle avait lévité, comme disait le voisinage en l'entendant, dès le lever du jour, fredonner en même temps qu'elle écoutait chanter Tino Rossi avec sa voix de châtré.

L'emménagement terminé, le ministre s'enferma avec elle pendant trois jours ; ils les

Toute honte bue

vécurent au lit. Qui a dit que les pratiques sexuelles sont banales, pauvres, vouées à la répétition, mais que cette pauvreté, cette plate répétition sont inversement proportionnelles à l'émerveillement qu'elles procurent ? Quand Ulrik Messidor raconte cette tranche de vie saignante, sentimentale et sexuelle, il ne ménage aucun détail. Sans prétention ni modestie, il raconte avec précision. Un flot, sans concession, décrivant d'un même souffle la chambre, le lit, le renflement pubien, la motte noire, le souvenir qu'il en gardait, sur les joues, sous les doigts, sous la paume. Sur ses lèvres, désir, amour n'expriment pas un sentiment mais une fièvre. Tous les feux, toutes les ardeurs, tous les orgasmes de la terre semblaient concentrés dans ses mots. Il la prenait et la reprenait, chaque fois comme si c'était la première ou l'ultime fois. Il sentait que quelque chose d'inaccoutumé lui arrivait à quoi il refusait de donner un nom, se contentant de constater ce qu'il appelait lui-même son inimaginable voracité, ce total dérèglement de tous les sens. Et pourtant il n'ignorait pas que les gestes de l'amour ne sont pas l'amour. Plus la mariée est belle, plus l'idée qu'on s'en fait est séduisante, plus le risque de décevoir ou d'être déçu est grand, allègue un vieil adage.

Regarde, regarde les lions

Trois jours à considérer le monde à partir d'un lit, à n'en sortir que pour manger, aller à la salle de bains ou rafraîchir les draps. Ulrik Messidor émergea de cette lune de miel satisfait mais non rassasié. Il estima qu'un pareil éden méritait qu'on y mette le prix ; se démêlant comme un diable dans un bénitier, il voulut satisfaire tous les désirs exprimés ou non de sa maîtresse, la couvrit de bijoux, lui offrit une voiture, un coupé décapotable, engagea trois professeurs, un de piano, un autre de mathématiques et un troisième de philosophie. Les jours s'écoulaient légers, sans houle, sans qu'ils ne se lassent l'un de l'autre, comme si le temps s'était arrêté. Félicienne se révélait drôle, malicieuse, extériorisait de maintes façons son ravissement d'appartenir à un homme distingué jusqu'au bout des ongles, s'émerveillait de ses attentions, de ses cadeaux.

Ulrik Messidor vit rouge lorsqu'il apprit que le ministre de l'Intérieur comptait parmi les amis de Félicienne et qu'il lui rendait même visite. Il mit la maison sur écoute, fit installer des micros partout. Les premières semaines, les enregistrements ne révélèrent rien de bien important. Des conversations d'une banalité affligeante au point qu'il s'endormait

Toute honte bue

à entendre tant d'insignifiances sur le coût de la vie, le bleu du ciel, le mécontentement grandissant des faubourgs de la ville. Au cours d'une séance d'écoute qui s'annonçait aussi barbante que les autres, il fut réveillé par une gamme variée de hurlements, de gémissements, de glapissements, de roucoulements, le plus large registre de cris de plaisir que peut pousser l'animal femelle chantant l'approche de l'orgasme. Bref, Félicienne le trompait, et c'était cet autre homme, à n'en pas douter, son véritable amant et non lui, le pourvoyeur bafoué. Il eut une poussée de fièvre à la seule pensée que ce type était capable de provoquer chez Félicienne un tel tapage en la pénétrant. Ce secret d'alcôve découvert, il déduisit que, semblable à quelques femmes célèbres de l'Histoire, Félicienne était dotée d'une âme de courtisane. Elle était une professionnelle. Son chant sensuel et lascif était destiné à mieux envelopper et circonvenir les hommes. Pieuvre, elle déployait non pas deux mais mille bras.

À partir de ce jour fatidique où il avait écouté et réécouté cet enregistrement, il s'était mis à observer, à scruter le moindre des gestes de Félicienne. Ce voile subtil qui obscurcissait son regard comme si elle voulait se soustraire

Regarde, regarde les lions

à une malsaine curiosité, ce léger bafouillage qui embarrassait ses réponses quand il se permettait une question sur son emploi du temps, comme s'il avait brandi un index accusateur, représentaient à ses yeux autant de preuves de sa duperie. D'autres fois, elle baissait les paupières ; il en profitait pour la regarder, la découvrait inconnue, distraite, ailleurs. Il aurait été vain de l'interroger. Les femmes volages ont la réputation d'être très dures avec leur mari et leur amant. Il craignait que Félicienne ne fasse pas exception à cette règle. De plus, il n'est pas rare d'entendre des femmes nier même l'évidence. Ulrik Messidor le savait. S'il avait été au temps de la dictature pure et dure, en tant que grand serviteur de l'État il aurait eu droit de vie et de mort sur toute âme qui bouge. Mais les temps changeaient. Il fallait être prudent, museler ses instincts carnassiers, mijoter dans son jus, toute honte bue.

La période qui sépare le solstice d'hiver de la Saint-Sylvestre a de tout temps été considérée comme une parenthèse. Ces douze jours représentent l'écart qui sépare le cycle lunaire du cycle solaire. De savantes publications soulignent que l'on enregistre à cette époque de l'année une augmentation régulière des vols à

Toute honte bue

main armée, un accroissement du nombre de suicides de personnes seules ou âgées, une recrudescence de cambriolages des résidences cossues. Tous ces débordements, ces dérives culminent à la Saint-Sylvestre, nuit qui semble aussi particulièrement propice à des rapports sexuels féconds puisque le nombre de naissances augmente en général vers la fin septembre.

Cette nuit de la Saint-Sylvestre, Ulrik Messidor devait retrouver des amis au Tropicana, une boîte de nuit en vogue à cette époque-là. Il y avait foule, pas même l'ombre d'une place où piquer la tête d'une épingle. Il se frayait péniblement, dans la pénombre, un chemin à travers la foule quand il tomba sur Félicienne assise sur les genoux d'un homme. La surprise passée, le ministre, connu pour son entregent et sa galanterie, demanda poliment si Monsieur permettait que Madame lui accorde cette danse. L'homme levant vers lui un regard courroucé répliqua vertement qu'il ne comprenait pas pourquoi Madame irait danser avec un inconnu. Ne pouvait-on plus, de nos jours, s'amuser en toute tranquillité sans être dérangé par la valetaille ? Il lui intima l'ordre de dégager prestement. Ulrik Messidor blêmit. Les temps avaient véritablement changé pour qu'un

Regarde, regarde les lions

quidam se permette de le rabrouer ainsi sans ménagement. Il maîtrisa son irritation, fit un pas de côté et se tourna vers Félicienne. D'un ton sardonique, il s'adressa directement à elle, demanda à Madame si elle voulait bien lui accorder cette danse. Félicienne semblait non seulement muette mais sourde. Sur un ton menaçant, l'homme lui réitéra l'ordre de déguerpir, sinon...

Il y a des jours où l'on ferait mieux de rester chez soi. C'est ce qu'Ulrik Messidor se disait en quittant la piste du Tropicana, les yeux embués de larmes. L'une des difficultés propres à ce genre de situations consiste à établir une adéquation entre ce que l'on fait, donc ce qu'on est dans l'instant, et l'idée qu'on a de soi. Ulrik Messidor bénit le ciel qu'il ne se fût point trouvé un miroir à sa portée ; il lui aurait renvoyé une image qu'il n'eût point aimé voir, avoua-t-il des années plus tard. Il ne s'était jamais senti aussi humilié. La distance qui le séparait de la sortie lui parut longue, des kilomètres bornés de regards dévastateurs, de rires sous cape, de quolibets sans ménagement. Livide, misérable, il regagna sa voiture, s'effondra sur le siège. L'orgueil à vif, la virilité blessée roulèrent sans but cette nuit-là, balançant entre fureur et

Toute honte bue

acrimonie. Ils auraient voulu flanquer à Félicienne quelques paires de gifles ; ils auraient voulu la bourrer de coups de pied ; ils auraient voulu lui administrer une fessée ; ils auraient voulu lui infliger une punition exemplaire.

Les rafales d'un vent mauvais, par à-coups, soulevaient des nuées de poussière qui tourbillonnaient dans la nuit noire et froide. Ulrik Messidor se retrouva sans trop savoir comment au Bord-de-mer parmi les camionneurs et les charretiers. Alors germa en lui une esquisse de vengeance, une épure de justice. Le châtiment qu'il mijotait s'accompagnerait d'une désintégration matérielle et morale, formerait une spirale d'où rien ne pourrait sortir Félicienne ni son séducteur impénitent, ni sa fourbe perfidie, ni ses imperceptibles rouelles. Il retint, à prix d'or, en ce petit matin du jour de l'an, les services de trois déménageurs et leur demanda de l'escorter avec leur véhicule.

Le voilà parvenu à ce lourd portail qui sépare la maison de l'agitation, de la frénésie du monde, ce lourd portail qui s'ouvre et se referme derrière lui comme chaque fin d'après-midi ; le voilà avec ces hommes derrière les murs bordant la propriété d'où seules dépassent les fleurs des bougainvillées. Il est dans ce qui fut son havre de paix, son refuge face aux épreuves imposées par l'Histoire qui tire les hommes à hue et à dia. D'habitude, il descend de voiture, accueilli par les volutes des jets d'eau, le clapotis des gouttelettes et le chant des tourterelles ; il traverse la cour d'un pas traînard, gravit quelques marches d'escalier, franchit la véranda et s'installe sur le grand lit, à côté de Félicienne. Il l'écoute lui narrer les riens qui ont rempli sa journée en balayant du regard les murs de la chambre où sont accrochés des tableaux d'un même peintre, mettant en scène une durée cyclique, solide et rassurante. L'artiste représente tantôt un jardin d'Eden où batifolent nymphes et amours ; tantôt des hommes et des femmes se hâtant de mettre en bottes le foin coupé, sous un ciel orageux ; tantôt des semeurs habillés de lumière appartenant à des âges révolus. Ici, ce vanneur, cambré d'une manière souveraine, soulève son van de son genou déguenillé et fait monter dans l'air, au milieu d'une colonne de poussière, le grain doré. Là, des glaneuses ramassent des épis oubliés, enveloppées d'une lumière chaude qui se répand aussi sur toute la plaine.

Aujourd'hui, Ulrik Messidor n'a pas le temps de remuer des souvenirs. Il faut déména-

Toute honte bue

ger tout ce qui peut se transporter : appareils ménagers, meubles, tableaux, vaisselle, vêtements, bijoux. Pendant que les hommes s'activent, il imagine l'arrivée de Félicienne et de son amant peut-être une heure avant le lever du jour. Il voit la voiture prendre le tournant, dévaler la pente, hésiter puis franchir le portail grand ouvert. La maison est entourée de silence, la terrasse violemment éclairée, les fenêtres également, celles du rez-de-chaussée, des chambres à l'étage, des dépendances. Ulrik Messidor s'amuse de l'effarement des amants, de leurs regards ahuris devant cette maison vide, illuminée comme un reposoir. Puis il rentra chez lui, réveilla sa femme qui ne l'attendait pas, lui souhaita une bonne année et lui promit qu'il mettait fin à ses fredaines.

Le lendemain matin, alors qu'il s'apprêtait à partir pour le traditionnel *Te deum* commémorant les exploits des héros nationaux, Félicienne se présenta chez lui, accompagnée de son amant. Elle gueula, un boucan si violent que la domesticité des maisons avoisinantes fit une pause. Elle lui vomit sa rancœur, l'agonisant, l'assassinant d'injures avec une joie diabolique. Elle le mit plus bas que terre, comme si la scène de la veille ne l'avait pas surprise et qu'elle s'y

Regarde, regarde les lions

était préparée. Les mots ignobles lui venaient dans un ordre croissant ; les mots salaces d'abord qui culminèrent en une litanie obscène : les meubles, tableaux, bijoux, elle les avait gagnés à la sueur de son vagin pilonné sans ménagement. Ulrik Messidor ne se départit pas de son calme. Il n'avait pas de temps à lui consacrer maintenant, ne pouvant arriver en retard à une cérémonie où seraient présents le prince et sa cour. Il lui donna rendez-vous à la fin de l'après-midi au Paradiso Bar, un bordel situé sur le front de mer.

Le ministre arriva le premier et s'installa sous la tonnelle où régnait une tiédeur humide. L'air fleurait la frangipane. Le bar était désert à cette heure du jour. Un garçon s'affairait à dresser le couvert du soir. Quand le couple se présenta, Ulrik Messidor ne prit pas le temps de le saluer. Lentement, d'un ton ferme, catégorique, il informa Félicienne qu'il lui avait donné rendez-vous ici, car ce lieu correspondait exactement à son statut. Il la restituait à son milieu naturel, comme il l'avait trouvée, sans vêtement de rechange. À l'amant stupéfait devant tant de cynisme, il donna quelques conseils, soulignant avec insistance qu'il devrait développer des trésors d'imagination, convo-

Toute honte bue

quer l'ineffable, l'inédit, voire visiter l'invisible s'il voulait garder cette femme car elle coûtait cher à entretenir ; il lui souhaita bonne chance, se leva et partit. Dans le rétroviseur de sa voiture, il vit Félicienne et son amant s'en aller, vacillants telles des ombres. Il n'y eut plus que la mer et son odeur de remugle, le défilé des pylônes électriques et l'agitation des mouettes.

Et ce fut de nouveau la saison des grands vents et des pluies meurtrières. Même les oiseaux se noyaient. Tout un pan du pays fut coupé de la capitale. Ulrik Messidor, comme les autres membres du gouvernement, fut fort occupé. Aux dires des maquerelles, des colporteurs, des tripoteurs, Félicienne passait ses journées à frotter, à balayer, à récurer. Les mauvaises herbes avaient envahi le jardin et puisqu'il n'y avait plus de domestique pour l'entretien, malgré les protestations indignées du voisinage, les rats et autres bestioles nuisibles y avaient élu domicile.

La période de l'avent ramena la fièvre des festivités qui connaîtraient leur apogée à la Saint-Sylvestre. Le vendredi qui précéda Noël, le soleil plombait haut dans le ciel. Assis devant un rhum soda à la terrasse du Paradiso

Regarde, regarde les lions

Bar dont il était devenu un familier, Ulrik Messidor admirait la lumière de l'après-midi par-dessus le moutonnement des vagues quand il vit arriver Félicienne, la démarche hésitante, les vêtements fatigués, les sandales couvertes de boue. Elle était seule. Elle avançait d'un pas incertain, titubant presque, et vint se tenir debout devant lui, les bras baissés comme de vaines armes. Il la regarda, et sourit sans rien dire. Elle sourit, elle aussi. Il ouvrit les bras, elle s'y blottit et ferma les yeux. Ils demeurèrent ainsi jusqu'à ce que le soleil ait disparu derrière la ligne d'horizon.

Tina ira danser ce soir

Ce soleil si brûlant, cette chaleur si suffocante, on n'a jamais vu cela en cette saison de l'année. Octobre décline et pourtant la ville flambe. Très tôt le matin, on crève d'inconfort au point qu'esquiver la noire canicule, trouver un coin d'ombre tournent à l'obsession. De lourds nuages s'accumulent à l'horizon ; il ne reste plus qu'à souhaiter qu'ils éclatent en orage et apportent un peu de fraîcheur. Tu quittes plus tôt que d'habitude le bureau et pars à la recherche d'un bistrot. Tu veux t'offrir une bière très froide avant de rentrer à la maison. Les terrasses bondées du centre-ville sont à éviter. Tu fais un détour par le vieux port et vois, rue des Abysses, le café du même nom, toutes portes et fenêtres béantes. Il n'est que quinze heures, le lieu est quasi désert. Un barman rince des verres, les essuie à coups de gestes interminables

Regarde, regarde les lions

et les replace sur les tringles parallèles alignées au-dessus de sa tête. Juché sur un tabouret, devant le comptoir, un client, le seul d'ailleurs, sirote, en écrivant, un guignolet, cocktail très prisé depuis quelque temps des amateurs d'apéro, des familiers de bars réputés branchés. Tu n'as jamais compris cet engouement pour cette boisson inventée par des nonnes, cette macération de cerises acides dans de l'eau-de-vie, zébrée d'une rasade de Schweppes. Cette impression d'acidulé, ce goût fruité te soulèvent le cœur. Tu commandes une bière et prends place à côté du buveur. Il te tourne délibérément le dos et continue à écrire fébrilement. De temps en temps, il lève la tête et regarde la fenêtre, probablement sans rien voir. Par désœuvrement, tu pousses l'indiscrétion jusqu'à lire par-dessus son épaule. Méticuleusement, il dresse ce qui te semble une liste d'épicerie : *une pinte d'huile d'olive, un sac de riz sauvage, deux boîtes de thon...* Tu penses qu'il s'agit là d'une de ces âmes nouvellement esseulées qui n'ont pas l'habitude des courses et sont obligées de noter avec minutie les articles qu'elles doivent se procurer car leur mémoire, non entraînée à ce genre d'exercice, lâche au moment où elles s'y attendent le moins. Tu

Tina ira danser ce soir

sens un frisson te traverser l'échine quand l'homme se met à noter *Nettoyer la place, Mettre de l'ordre dans ma vie, Civière dans une ambulance, Pourrir macchabée dans une tranchée*. Il inscrit ces annotations en décalé comme s'il s'agissait d'un poème en vers libres. Tu comprends que cet homme accoudé au bar se livre à un étrange tête-à-tête avec ses fantômes. *Monsieur serait-il par hasard écrivain ?* fais-tu d'un ton volontairement badin. L'homme se retourne à demi sur son tabouret, te toise d'un coup d'œil impitoyable et ne prend même pas la peine de te faire l'aumône d'un grognement, ajoutant du silence au silence déjà lourd du bar. Seul bruit de temps en temps, le léger frottement du briquet car il fume cigarette après cigarette en ingurgitant maintenant des doubles cognacs que le serveur lui verse selon probablement un rite et un rythme établis depuis longtemps entre eux.

L'homme ressemble à des dizaines d'autres que tu as déjà rencontrés dans des cafés de maints ports du monde. Si tu l'interrogeais, il aurait, à quelques virgules près, le même discours : il a beaucoup voyagé ; depuis qu'il est revenu, il est dévoré de nostalgie, ne parle que des voyages qu'il a faits : il a été débardeur à

Regarde, regarde les lions

Valparaiso, au Havre ou à Rio ; il a sillonné le Pacifique, du nord au sud ; il a séjourné à Amsterdam, à Vancouver, à Fort-de-France ; il n'est plus habité que par un seul rêve, revoir ces villes envahies par l'odeur de la mer, battues par les vents, revisiter ces lieux où les mythologies des nomades situent l'entrée du Paradis. Il aurait décrit chaque rocher, chaque embouchure, évoqué une bataille, une légende, un miracle, une superstition. Il aurait seriné des sentences quasi définitives : tout départ est une nouvelle naissance ; il faut donner le coup de talon salutaire qui libère de la terre ferme, du passé et permet de naviguer vers des régions mouvantes où la lueur des vagues répond à celle des étoiles, de voguer entre des abîmes où toutes les métamorphoses deviennent possibles.

Une femme entre en coup de vent : robe noire moulante, au ras des fesses, cuisses et jambes gainées de collants fumés, chaussures vernies noires à talons aiguilles, visage outrageusement maquillé pour cette heure du jour. Elle balance au bout du bras un sac à main noir aussi. Tu les connais et reconnais ces lèvres pulpeuses et sensuelles, ce regard profond. Les nuits de veille, à arpenter le boulevard assailli par un océan de lumières et d'enseignes transformant

Tina ira danser ce soir

la place du Port en une gigantesque vitrine de rêves, n'ont pas réussi à laisser d'empreintes sur son corps ferme. Elle ne paraît pas fatiguée. Ces halos, ces milliers de halos rouges, verts, bleus, orange, violets n'ont pas abîmé ses yeux. Elle a dû passer la matinée à dormir ; elle a eu du temps à elle aujourd'hui et s'est reposée. C'est l'heure de l'après-midi où elle vient fumer une cigarette, tranquille, une façon bien à elle de prendre une respiration avant que ne commence l'infernal défilé du crépuscule. Dans la lumière et la chaleur de l'après-midi, sa peau de rousse resplendit. Elle traverse le café d'un pas assuré, un pas d'habituée qui la conduit droit au comptoir. Elle rejoint le buveur qui y est accoudé, se hisse sur le tabouret, à sa droite. Dans la glace qui orne le mur du fond, en face d'elle, elle se voit, fronce les sourcils, mouille un index qu'elle passe et repasse sur ses paupières, comme pour enlever un excès de mascara. *Tony, depuis quand es-tu là ?* Le ton est franchement agressif, l'air soudain chargé de dynamite. *Trois quarts d'heure environ. Et puis, qu'est-ce que cela peut te foutre ?* Elle pointe du doigt le verre de cognac au quart vide. *Tu en as déjà bu combien comme cela ? Tu ne penses plus qu'à boire. Qu'est-ce que je deviens, moi, pendant ce*

Tina ira danser ce soir

temps-là ? Elle lui raconte une histoire, à voix contenue : elle se tue à travailler ; l'asphalte, elle en connaît chaque pouce et ses moindres reflets en toute saison, et ses trous lumineux ; elle connaît la distance entre chaque réverbère... *Merde ! et remerde ! Si tu continues, Tina, je fiche le camp et tu ne me reverras plus jamais ! Tu n'as pas encore compris que j'en ai assez de tes jérémiades, que je ne veux plus de toi ?* Tony prend une nouvelle cigarette et lance rageusement le paquet sur le comptoir. Le barman suspend un dernier verre, puis va jusqu'au juke-box qu'il met en marche. Tina a sorti de son sac une boîte d'allumettes, en frotte une et l'approche de la cigarette de Tony. La flamme s'éteint ; elle en frotte une deuxième. Il lui tient la main pendant qu'il allume sa cigarette ; il en aspire longuement une bouffée puis la lui tend. *Tony, mon chéri, ça fait des mois qu'on n'a pas dansé ensemble. Emmène-moi danser ce soir, veux-tu ?* Tony se lève, Tina le suit.

Comment peut-elle s'acharner à chérir un être qui la méprise si ouvertement ? Ira-t-elle jusqu'à lui offrir des perles de pluie venues de pays sans pluie, comme le dit la chanson qui te parvient du juke-box jouant en sourdine ? Dehors, des éclairs zèbrent le ciel. La fenêtre ne

Tina ira danser ce soir

t'offre plus que l'imprécis majestueux d'une chaussée battue par une averse soudaine, lénitive. Puis tu vois Tina et Tony traverser la rue, réunis sous un grand parapluie noir, éclairés par le halo tremblotant d'un réverbère qui dégouline de lumière et de pluie.

La supplique d'Élie Magnan

Qui aurait pu soupçonner, à la vue de cette tranquille bicoque située au nord de la ville, à quelques encablures du bidonville, la zone la plus polluée du monde, que le destin de sept millions d'êtres humains s'y jouait ? Élie Magnan s'accota un moment au muret de boue séchée qui longeait la propriété et s'épongea longuement le front. Il détestait ce soleil de plomb, cet air raréfié, trop humide, trop chaud ; il lui préférait le brouillard de ses hauteurs glacées, doux, translucide, aérien. Instituteur, il venait de très loin, de l'autre côté de la forêt où l'on respire l'odeur des caféiers et du bois de pin. Sous le coup de l'angélus du soir, la veille, un camion l'avait déposé à la porte nord et, de là, il avait marché jusqu'au poste de police où un gendarme lui avait indiqué une auberge de fortune. À quatre heures du matin, au pipirite chantant, il s'était réveillé, avait fait une toilette de chat et repris, à pied, la route parsemée de nids-de-poule qui mène au cœur de la ville.

Ses narines pavillonnaires repérèrent une odeur douce et poivrée de chevreau bien épicé, largement pimenté, qu'un fourneau à bois grillait pas très loin de là. La faim tenaillait ses entrailles : il n'avait pas dîné la veille ni pris de petit déjeuner ce matin. Elle s'aiguisa aux vapeurs d'ail et de girofle qui émanaient, il ne pouvait pas se tromper, d'un riz aux haricots rouges. L'odeur de mangeaille désespérait son estomac. C'est un fait connu et propre à cette région : larguez quatre fonctionnaires dans une maison borgne, il pousse spontanément aux alentours un restaurant ambulant.

Élie Magnan se souvint de cette marchande de fritaille qui avait installé son éventaire devant l'immeuble de l'École normale. Elle l'avait pris en belle passion à l'époque où il était étudiant. Elle lui faisait crédit, ne lui réclamait jamais un sou, comme si elle investissait, pariait sur l'avenir, comme si elle entretenait en lui une rente et parait ainsi à la précarité de ses vieux jours. Élie Magnan pénétra par la barrière latérale gauche. Le vent froissait les feuilles du seul bananier planté au milieu d'un grand enclos sevré de gazon, soulevant une poussière grisâtre. Il franchit la galerie, évita de déranger les chiens assoupis, gardiens vigilants, se comportant à s'y tromper en maîtres absolus des lieux.

L'opiniâtreté était un des traits caractéristiques d'Élie Magnan. Il ne bâtissait que sur du solide, ne croyait viable que ce qui reposait sur les matériaux robustes de la réalité. L'instituteur vivait avec son poids de mémoire et d'histoire, un peu comme si le monde d'aujourd'hui ne le concernait pas, son esprit éparpillé parmi les âges et les époques qu'il avait traversés. Convaincu que la perte est un destin, que l'attache et la fracture sont les deux pôles de l'existence, il considérait la présente dispersion, ce temps chaotique, cette époque troublée, comme le lot naturel de ce peuple. Aussi ne s'était-il jamais fait le chantre d'aucune fidélité programmée, ni à lui-même, ni aux autres, ni au pays. Face aux récentes réformes qui réglementaient l'usage de la langue, il estimait que l'on se devait d'être prudent. Il enseignait les mathématiques, « cette science où on ne sait pas de quoi on parle ni si ce que l'on dit est vrai », depuis

Regarde, regarde les lions

de nombreuses années et se trouvait devant un problème de taille à résoudre : il ne disposait plus d'un vocabulaire suffisant, il était en panne de mots depuis que les gens d'en haut avaient répandu, par la voie des ondes, cette interdiction d'employer des vocables qui n'appartenaient pas au terroir, qui n'avaient pas poussé avec « nos racines ».

Cette décision avait provoqué, du jour au lendemain, un état de manque absolu : on n'avait plus assez de mots pour s'exprimer. Des pans entiers de conversations tombèrent en désuétude et, pendant des jours et des jours, hommes et femmes, à bout de mots, découvrirent leur incapacité à communiquer. Impossible de parler du temps qu'il faisait, de leurs peines d'argent ou de cœur, de leurs souffrances physiques, encore moins d'exposer leurs idées ou de crier leurs détresses. La nation entière fut isolée du reste du monde mais les gens d'en haut la disaient fière d'être enfin maîtresse de son destin. Bien que l'on en parlât régulièrement à la radio, à la télévision, que ce fût devenu le sujet favori des habitués des cafés, que les familles en discutaient au salon ou réunies autour de la table de cuisine, personne ne savait exactement en quoi consistait cette réforme.

La supplique d'Élie Magnan

Devant tant de perplexité, Élie Magnan s'était contenté de soupirer : « La patience est une vertu ; tout vient à point à celui qui sait attendre. »

Et comme le peuple, citoyen d'une nation où le chômage est endémique, était oisif, il s'occupa à fabriquer en toute hâte des mots de dépannage, tout en continuant à bousquer la vie. Ce fut une véritable frénésie de création qui s'empara de la République. Le « nous » de naguère, qui, jusque-là, fonctionnait sous couleur de complicité rassurante, était maintenant cassé et on s'aperçut avec effroi que plus les jours passaient, plus la répétition de la catastrophe de Babel menaçait. Chacun, force de survie oblige, était devenu chroniqueur, colporteur de mots, puisque tout le monde créait et parlait en même temps. Celui qui ne voulait pas être un exclu était obligé de se promener en permanence avec un calepin, de fabriquer son propre lexique, son propre dictionnaire de mots prêts à parler, son propre condensé « sans maître », son « assimil ». Ce fut le règne des grammairiens amateurs, des cruciverbistes pointilleux, des amuseurs de foule et autres amants de contrepèteries, un royaume de mots qui bourgeonnaient comme les boutons de la rougeole. La voie était ouverte à toutes sortes de mystifications et les esprits sérieux se demandèrent sérieusement si parler n'était pas devenu un luxe mensonger.

Le temps, entre-temps, se déréglait. Le malin n'était-il point en train de coder un univers à son image, un univers pernicieux, pervers, satanique ? Derrière des apparences anodines, ne programmait-il pas un monde grouillant de visions infernales, un monde irrespirable comme l'odeur d'iode de l'Histoire ? Questions angoissantes s'il en fut, qui touchaient au sous-sol de vies fraîchement retournées. Des observateurs, ceux qui, jusque-là, notaient soigneusement les variations du climat — la saison des pluies étant devenue plus rude, les bourrasques et les ouragans plus précoces —, avisèrent que cette ivresse de mots pouvait rompre les liens encore fragiles que la communauté venait de tisser au fil de nuits d'enthousiasme.

Les gens d'en haut qui avaient d'abord pris cette prolifération de mots, cette métastase linguistique, avec légèreté fondèrent à la hâte un Bureau où se réunissaient, deux fois par semaine, des fonctionnaires chargés d'opérer un tri parmi ces mots en circulation, d'en créer de

La supplique d'Élie Magnan

nouveaux quand il en était besoin, d'accorder la permission d'employer des expressions ou de les interdire quand elles étaient jugées non conformes à la morale et à l'identité de la nation. À sa tête, un homme dont le seul nom, sonore, autoritaire, évoquait celui d'un procureur général. Cette nomination en inquiéta plus d'un car on croyait révolu le temps de l'Uniforme, de l'Identique, de l'Unique.

Élie Magnan estimait qu'une provision de deux mille huit cents mots lui suffirait. Mais, au rythme des réunions, deux par semaine, et des permissions accordées, cela prendrait — et ce, à condition qu'on lui fournisse dix mots par semaine — au moins dix ans avant d'avoir un stock convenable lui permettant d'enseigner l'arithmétique et la géométrie. Certes, la damnée algèbre et la satanée trigonométrie, cauchemars des lycéens, mériteraient un vocabulaire plus étendu. Il doutait donc d'avoir assez de mots mais il se serait contenté de cet acompte. Il était donc descendu de ses hauteurs glacées avec la ferme détermination de réclamer une procédure d'exception. À la réunion, il sollicitera la licence d'être moins draconien et d'appliquer la réforme d'une façon plus libérale.

Regarde, regarde les lions

Un quart de siècle de pratique professorale lui avait permis d'enregistrer quelques observations sur l'apprentissage. Modeste, il ne prétendait nullement en détenir une compréhension complète ni définitive. Par exemple, il croyait dur comme fer qu'un coin de voile se lève quand on prend la peine d'observer le comportement des tout-petits. Un enfant, miracle qui demeure loin d'être éclairci, sait construire des phrases bien avant de savoir lacer ses chaussures. Élie Magnan comprenait qu'il n'est pas facile de pallier la brutalité du changement. Aussi le cirque de l'Histoire est-il fertile en martyrs et en lions. Les premiers lorgnent toujours du côté de la félicité éternelle tandis que les seconds avalent, en gros gloutons, des tranches saignantes de vie. Devant ce spectacle macabre, bon nombre se contentent de demeurer sur les gradins. Cette fois plus que jamais, Élie Magnan en était convaincu : « Nous sommes aussi dans l'arène, sur la terre ocre de l'arène et nous ne pouvons plus, les bras croisés, les orteils en éventail, nous contenter de chanter des chansons d'encouragement aux suppliciés avec l'espoir de distraire les lions de leur appétit. » Il était coutumier de ce genre de discours

La supplique d'Élie Magnan

adressé à lui-même chaque fois qu'il était frappé d'un accès de tristesse civique mais, jamais encore, sa parole intérieure n'avait affleuré jusqu'à ses lèvres. « On commence par parler tout seul, se morigéna-t-il alors, et on finit à l'asile. »

Élie Magnan n'avait jamais vu cette maison avant ce premier jour de septembre. Toutefois, il en avait tant entendu parler, tant de rumeurs lui étaient parvenues à son sujet jusqu'à ses hauteurs glacées que le lieu lui parut familier. La maison ? Maison, c'était vite dit ; il s'agissait simplement d'une étrange pièce rectangulaire pavée. La cour, elle aussi pavée, pénétrait tellement l'espace intérieur que l'on avait du mal à discerner si l'on était dehors ou dedans. Trois murs crépis et chaulés, un mobilier plutôt sommaire : une table dont la surface disparaissait sous des piles crasseuses de paperasse, et des liasses de journaux ; deux chaises en fer forgé dont les sièges étaient recouverts de plastique rouge.

Cette pénurie de meubles expliquait la posture accroupie de l'assistance, en l'occurrence nombreuse. En réalité, pas si nombreuse que cela, les perceptions d'Élie Magnan étaient déformées par la faim qui dénaturait ses sens. Il fut impressionné par la barbe blanche d'un homme petit et frêle assis en tailleur au milieu de l'assistance : une barbe longue, cotonneuse, semblable aux nuages lâchés sur un ciel de juillet, une barbe drue qui paraissait dater du siècle dernier. Elle donnait, sans conteste, à l'individu l'air d'un patriarche orchestrant une cérémonie sacrée. Des yeux noirs exorbités, cerclés de lunettes à monture métallique fixaient un point de l'espace qu'eux seuls percevaient. Portait-il un scapulaire ou une croix sur la poitrine ? Des gouttes de sueur perlaient à son front. Ses lèvres remuaient légèrement comme s'il psalmodiait quelques prières. Élie Magnan, voulant entendre ce qu'il disait, s'approcha du cercle et comprit que le Bureau tenait déjà séance.

Empli d'une froideur de dignitaire ecclésiastique, l'homme dictait des mots. L'assistance s'empressait d'approuver et de noter, avec une ferveur extatique qui rappelait une assemblée de membres d'on ne savait quelle confrérie cabalistique, quelle secte de templiers du Moyen Âge. Élie Magnan n'arrivait pas à se rappeler qui avait écrit que l'humilité surgit de la

La supplique d'Élie Magnan

conscience d'une indignité ou parfois de la conscience éblouie par la sainteté. L'homme à la barbe blanche s'interrompait parfois et consultait un papier froissé qu'il sortait machinalement de la poche gauche de sa vareuse. Il ne paraissait pas voir l'assemblée autour de lui. Il ne sollicitait pas non plus son assentiment. Se rappelait-il seulement qu'elle était là ?

Brusquement, il se leva. Élie Magnan crut qu'il allait tendre la main droite et qu'il donnerait à baiser un quelconque anneau pontifical. Non, l'homme debout frappa trois fois le sol de son pied droit et, transporté sur le monde des nuages, scanda des propos inintelligibles comme s'il adressait une prière à son créateur, pas vraiment une prière, comme s'il confiait un secret à un être de l'au-delà. Élie Magnan avait l'impression d'être plongé hors du temps. Il oublia tout, subjugué, telle une bête devant un dompteur, par cet homme qui semblait avoir la passion des choses difficiles. Il se sentit défaillir et ferma les yeux un instant. Quand il les rouvrit, il ne savait plus si ce qu'il voyait était vrai ou s'il était en train de rêver. L'homme, une grimace de dédain lui tordant la bouche, haranguait l'assistance. Toute sa vie, il regrettera de n'avoir pas été présent à l'origine, quand il fallait nommer les animaux, les choses et les êtres qui peuplent son ciel et sa terre. Jamais il n'aurait permis qu'on adoptât pour les désigner ces vocables cosmopolites, abscons qui bouffent comme un chancre le langage courant.

Élie Magnan, le sang bouillant, ne se reconnaissant pas lui-même, révolté, demanda la parole. L'homme, d'abord interloqué par tant d'audace, darda sur lui un regard sévère, venu du fond de ses yeux noirs puis, d'un geste hautain, lui accorda la parole. « À vous entendre, dit Élie Magnan avec flamme, on croirait que la langue est un objet artificiel et non une chose naturelle, vivante. Elle ne s'élabore pas par décret, en conclave. Ce sont les citoyens qui font vivre une langue, qui la maintiennent en santé, en forgeant des mots, en empruntant aux autres langues quand il leur en manque pour traduire leur réalité. En mettant notre langue sous coupe réglée comme vous voulez le faire, elle risque de perdre son aisance ainsi que cette divine et joyeuse liberté qui l'a caractérisée jusqu'ici. Et puis, ce n'est pas seulement la langue qui a fait de nous ce que nous sommes, c'est avant tout notre corps à corps avec la terre, avec

La supplique d'Élie Magnan

la vie, avec l'histoire, avec nos rêves et nos aspirations. »

L'assemblée, entre-temps, s'était grossie de courtisans endimanchés, de flâneurs sans programme, de poétaillons ivres, de foutus bavards dont la caractéristique première était une volubilité diarrhéique qui leur procurait une langue particulièrement agile. Quand Élie Magnan, à la fin de son envolée, introduisit sa demande d'exception, un tollé se leva. On le hua, on le menaça du poing. L'homme à la barbe blanche qui paraissait au début un peu absent, l'écoutant d'une oreille distraite, écuma de colère, proféra des insultes, des insanités qui surprirent Élie Magnan. Au milieu de ce brouhaha, il eut l'impression de se dissoudre tel un candélabre qui brûle. Il passa par toutes les teintes de l'incompréhension et du désespoir. Des palpitations dues à la peur, à une terreur absolue rendaient ses jambes flageolantes. Effrayé, anéanti, il ramassa ses dernières forces et cria que la vie était inépuisable et que cette muselière qu'on semblait vouloir mettre à la parole était en fin de compte une œuvre de mort.

L'assistance, séance tenante, se transforma en tribunal. Le jugement fut expéditif : ces faux intellectuels qui ne servaient à rien, dont l'absence d'efforts physiques avait ramolli l'esprit, devaient être rééduqués. Élie Magnan pleurait de désespoir, de révolte exacerbée, d'écœurement. Un sentiment de fatalité imminent se glissa en lui quand il entendit le verdict : Qu'il soit expédié dans ce campement récemment rouvert. Déporté, lui, sur cette île peuplée de scorpions, de rats et de chiens galeux ? Sur cette île à maigre végétation, cette ancienne carrière désaffectée où, à ciel ouvert, s'amoncellent des montagnes d'immondices, de pierres concassées et de lambeaux de drums ! Élie Magnan n'en croyait pas ses oreilles.

Les gardiens de ce lieu de détention infect, des êtres qui paraissaient incapables du moindre geste de compassion, rappelaient à s'y méprendre ces dragons bleus qui naguère surveillaient les portes de la ville. Au fur et à mesure que la décharge se remplissait de nouveaux venus, Élie Magnan apprenait que des phénomènes étranges étaient observés à l'extérieur. Une part croissante de la population s'était mise à aboyer des sons, à grogner, à perdre l'usage de la parole comme si les mots qui soudaient la nation en code unique tom-

La supplique d'Élie Magnan

baient en lambeaux, pourrissaient en charpies, volaient en éclats. Un dernier arrivant, qui portait des nouvelles fraîches, apprit à Élie Magnan que des troubles avaient éclaté et que l'on voyait de nouveau le spectacle d'incendies inextinguibles s'étaler pendant des jours sur plusieurs villes. Partout on dansait autour de ces feux de la Saint-Jean, sous les yeux de quelques-uns qui déliraient et d'autres qui pleuraient en silence. Beaucoup s'étaient endormis et ne virent ni la nuit, ni l'aube, ni le vent qui se déployait en tornade et rappelait le terrible destin de ce peuple menacé de disparaître dans les nuits et les brouillards de l'Histoire. Il y avait de nouveau cette odeur de sang qui flottait et des colonnes de gens traversaient la frontière ou recommençaient à surcharger les frêles esquifs et à prendre la mer. Ces nouvelles accrurent le désarroi d'Élie Magnan. Indépendamment des convictions, des ratiocinations partisanes, comment un peuple pouvait-il manquer de chance au point d'être obligé de supporter cet interminable enfer, cette peur aussi endémique que la malaria qui le décimait, obligé de supporter cette vie faite de minces avancées et de perpétuels reculs ?

Regarde, regarde les lions

Une détresse accablante envahit Élie Magnan, une sensation affreuse d'impuissance. Il se frappa la tête contre les barreaux de sa cellule. La douleur aiguë mit fin à son interminable nuit peuplée de rêves et de cauchemars. Les yeux grands ouverts, il éprouva à son souvenir un sentiment d'épouvante. Célibataire, jusqu'à présent, ses rêves étaient des visions érotiques : il sirotait des boissons tropicales avec des femmes mamelues, à demi nues, chaudes à point, vautrées sur des nattes de chanvre tressé, qui lui prodiguaient des caresses inédites. Ou alors c'étaient des vols planés au cours desquels il visitait des contrées féeriques. Il n'arrivait pas à s'expliquer ce songe lugubre. Mais les choix de la nuit sont insondables.

Il augmenta le volume de la radio restée allumée toute la nuit ; il entendit distraitement quelques publicités vantant les qualités de la bière locale ; puis on diffusa des chansons folkloriques, des chants révolutionnaires parlant de feu et de maison qui brûlait. Et ce fut l'heure des informations nationales et internationales. La première nouvelle que la voix solennelle du speaker communiqua pétrifia Élie Magnan : elle avertissait la population

La supplique d'Élie Magnan

que, désormais, interdiction formelle, sous peine de sanctions sévères, lui était faite d'employer les mots et expressions qui n'appartenaient pas au terroir, qui n'avaient pas poussé avec « nos racines ».

La répétition

Je quitte le cinéma Élysée où je viens d'assister à la projection de *La Soif du mal*. J'allume une cigarette à la façon d'Orson Welles et avance la tête dans les nuages jusqu'au moment où, au coin de la rue Sainte-Catherine, une vitrine me renvoie ma propre image, m'enlevant toutes mes illusions. Je ne me précipite pas vers les bras tendus de Marlene Dietrich ; je marche, avec une lenteur de chameau, vers le vieux port, le cœur gros d'une angoisse intolérable. Je conviens qu'il m'a été difficile de faire de Montréal mon lieu de séjour permanent, tant au début cette ville m'était apparue sphinx aux énigmes impossibles à déchiffrer. Ce fleuve majestueux qui enserre, d'une étreinte passionnée, la ville, je n'arrivais pas à comprendre qu'il n'ait jamais incité les Montréalais à habiter ses rives, qu'il soit orphelin de bateaux-mouches, de terrasses, de quais à baignades et de promenade des Anglais.

J'ai encore quelque honte à l'avouer, j'ai mis du temps à connaître Montréal, cette ville aujourd'hui mienne, car le jeu de l'appartenance se joue à deux et tant que les joueurs ne se reconnaissent pas comme partenaires du même jeu, qu'ils ne le lisent pas mutuellement dans leur regard, ils demeurent des étrangers. J'ai mis du temps à appréhender le sens de cette ville. Je connais à présent ses richesses, ses parfums, ses odeurs et ses sucs. Une simple virée m'offre la possibilité de franchir, en un temps record, plusieurs frontières, car je possède enfin l'aune qui me permet de mesurer ma dérive. J'aime à me dire que je n'habite pas toute la ville mais une aire découpée comme un mouchoir de poche. À l'intérieur de ce territoire où chaque devanture de maison m'est familière, où chaque dalle constitue un ingrédient aussi prévisible que le levain dans le pain, j'ai dessiné mes petites planètes, aménagé des ports, des passerelles et des viaducs.

Cela fait plus d'un quart de siècle que je sillonne ces boulevards, que j'emprunte en zigzaguant ces rues, que je crucifie ces venelles comme un amateur de mots croisés. Les jours

La répétition

où le soleil déborde de générosité, je me mets en grands frais, traverse la rue Sherbrooke, évitant, allez savoir pourquoi, de bifurquer sur Greene. Entre Atwater et Guy, j'ai quelques instants de déprime, car il n'y a de maisons que d'un côté de la rue ; de l'autre, le développement fulgurant de ces dernières décennies, ce grand bond impulsé par la modernisation ont pratiqué des saignées et laissé couler de longs rubans d'autoroute comme autant de méandres de rivières asséchées. Je reprends petit à petit ma bonne humeur qui éclate rue Saint-Laurent. Aucune raison de s'en étonner, elle est reconnue comme le poumon de la ville. Rue Saint-Laurent, rue de la bigarrure, des accents et des odeurs. Un pas de côté et je me retrouve avenue du Parc où Grecs et Portugais déchus se souviennent de leurs splendeurs d'antan.

Quand le soleil crève vraiment le ciel, je pousse une pointe vers la rue Jean-Talon où tous les Don Giovanni de cartes postales sifflent des « mamma mia » de passage. De leurs longues jambes, elles arpentent, comme des compas, la lisière des terrains de jeux improvisés où les hommes jouent à la pétanque, sanctionnant les coups de malchance, les ponctuant de jurons fraîchement appris, avec le plus pur

Regarde, regarde les lions

accent de la lointaine Sicile. Quelquefois, quand tombent le soir et les rumeurs de la ville, je reviens sur mes pas et j'escalade le Mont-Royal. Là, je me laisse absorber par la nuit et le silence. Tel un trappeur, je foule avec prudence l'herbe haute, je me glisse sous les arbres et entre les rochers. Mais, quand il fait froid comme aujourd'hui, je m'engouffre dans le métro. J'aime le métro, ce carrefour sans dieu, sans passion, sans combat, ce lieu collectif sans appartenance. J'aime le métro, cet asile de repli sans isolement, ce théâtre où tout est toujours représentations, imprévus, projections, fantasmagories, fluctuants mirages.

La ligne 2 du métro, celle qui relie en fer à cheval Côte-Vertu à Henri-Bourrassa, reflue jusque sur le trottoir des flots de passagers ; je m'y engloutis. Installé au fond d'une rame, j'observe le jeu des lumières sur les visages : celui-ci porte un anneau à l'oreille, un autre accroché à la cloison nasale ; celui-là a teint en vert une touffe de cheveux, cet autre, maniaque utilisateur de radio portable, écoute un de ces airs dont raffole la jeune génération. Cela me renvoie à l'époque de mon adolescence. Toute mon adolescence est une musique. Il y avait la radio qui jouait à grand volume ; il y avait la

La répétition

meringue turbulente, tonitruante, saccageuse ; il y avait le tango, lascif, cruel, tendre, le tango que je détestais à cause de ses histoires d'hommes aimés et abandonnés. Je n'ai jamais supporté cette philosophie de l'échec qui distille la femme comme source de mal et de malheur. Des lambeaux d'images surgissent devant moi. Se peut-il qu'il n'y ait rien sinon moi-même qui ne cesse d'errer à travers des images qui planent comme des goélands et qui tombent en poussière dès que je veux les saisir ? Impossible de les chasser. Elles reviennent, se superposent à la réalité, de telle sorte que je ne saurai jamais si ce que je décris existe ou si je l'ai inventé.

Le spectacle du métro change selon qu'on traverse la pénombre des longs tunnels ou les décors vivement éclairés des stations. Je scrute, avec la curiosité d'un détective, la démarche, la posture, l'entrain ou la maussaderie imprimés sur les visages de ceux qui montent ou descendent au fil des arrêts ; autant de destins pareils ou dissemblables qui se croisent et s'entrecroisent dans le Montréal souterrain. Quelles pensées les habitent ? Fatigues sans appel, paresses sans état d'âme ? Je ne suis pas de ceux qui affichent une indifférence totale, animale et définitive envers leurs voisins, qui s'appliquent, avec une constance pathétique, à ignorer leur entourage de peur de rater leur station. Mon regard se promène, ma pensée vagabonde, sans vraiment se fixer sur quoi que ce soit cependant que s'égrène le chapelet des stations.

À l'arrêt Bonaventure, le compartiment se vide brusquement et je prends soudain pleinement conscience de mon vis-à-vis, une jeune fille, encore adolescente, d'une beauté ni insolente ni sauvage. Une harmonie rythme la coiffure, les yeux, la bouche : une épaisse chevelure châtain-roux retenue en catogan par un ruban ; des yeux couleur de noisette qui regardent au loin, plus loin que les parois de la rame de métro ; une bouche charnue qui fredonne, presque à voix basse, une mélodie dont je ne perçois ni l'air ni les paroles. De temps en temps, elle abaisse le regard sur un cahier format tabloïd qu'elle tient à demi ouvert sur ses genoux. Intrigué, j'y jette un coup d'œil discret. Des mots, distendus, s'alignent au-dessus de notes de musique. Je parviens à déchiffrer, à l'envers, le titre de la pièce : *Lied de Schubert, partition pour alto*. Voilà ce que solfient donc ces lèvres bien garnies à la carnation naturellement rosée.

Station Vendôme, la porte mécanique du wagon s'ouvre et livre passage à un homme

La répétition

d'un âge certain qui, de la main droite, s'appuie sur une canne alors que, de la gauche, il soutient à peine le coude d'une femme dont la tête disparaît derrière un énorme bouquet de roses blanches et rouges. Sobrement mais élégamment vêtue d'un tailleur noir, elle porte, enroulé autour de son cou, un de ces boas en renard argenté à la mode au cours des années folles. Le soubresaut causé par le démarrage du métro me permet de découvrir un visage aux traits doux, d'un charme singulier, le visage d'une belle vieille dont un maquillage parfait — rouge à lèvres, fard à joues, ombre à paupières, rimmel — n'arrive pas à masquer les ravinements du temps.

Le vieux monsieur, lui, porte encore beau. Costume de tweed à veston croisé sur une chemise immaculée et une cravate lavallière noire, chapeau melon. Nonchalamment appuyé contre la porte vitrée du wagon, malgré les recommandations de s'en tenir à distance, il promène un long regard panoramique sur les rares passagers. Il tend l'oreille. Ses yeux s'arrêtent sur la jeune femme assise en face de moi. Il y brille une lueur de surprise. Je réalise alors que la jeune chanteuse a haussé légèrement le ton. Mon attention se reporte sur le vieux monsieur ; il bat la mesure avec sa canne. Brusquement il se met à taper contre le poteau de la rame placée devant lui. « Mademoiselle, dit-il d'un ton énergique, imprégné d'un fort accent étranger, évitez ce trémolo disgracieux ! » Air ahuri de la jeune femme qui le toise des pieds à la tête puis recommence à chanter en élevant ostensiblement le ton ; elle reprend le lied au début et le vieil homme recommence à battre la mesure. Arrivé au même endroit que précédemment, le vieux monsieur tape de nouveau rageusement le poteau. La voix se casse net. Le visage de la jeune fille devient cramoisi. « Mademoiselle, vous introduisez un tremblement vraiment superflu et désagréable ! » Alertés, les autres passagers jusque-là indifférents observent la scène avec un intérêt évident. « Vous interprétez ce lied tantôt avec des sons trop bas, tantôt avec une excitation excessive. Il faut laisser aller votre voix pour que la mélodie devienne seule maîtresse, atteigne ce degré subtil d'absence, d'oubli de soi qui remplit le vide et le rend fascinant. »

Le vieil homme, comme s'il prenait soudain conscience de l'incongruité de la situation et de sa conduite inconvenante, soulève son chapeau melon, s'excuse d'un ton poli, empreint d'un

La répétition

zeste de nostalgie : « Voyez-vous, des lieder, j'en ai chanté dans ma vie ! J'en ai chanté à Die Katakombe, ce célèbre cabaret de Berlin. C'était avant les bombes, avant les flammes. Vous êtes trop jeune pour le savoir. J'en ai chanté à New York et à Montréal. C'était à l'Her Majesty, un merveilleux théâtre qui autrefois se trouvait rue Saint-Denis. Quand passa la fièvre de la spéculation, ils l'ont remplacé par une de ces affreuses tours de béton, de verre et d'acier. Quel délire ! Des lieder, j'en ai chanté dans ma vie. Je connais la richesse de leur harmonie. Celui que vous chantez présente un harmonieux mélange de bonne humeur et de tristesse ; mélancolie provoquée par la fuite du temps et le constat de l'inéluctabilité de la mort. C'est tout cela que la voix doit rendre, dans une interprétation limpide comme une eau pure. »

La jeune fille lève vers lui des yeux où se lisent le désarroi et un profond accablement. « Imaginez un instant, reprend le vieux monsieur, un moment d'éternité, où se trouveraient réunis, en quelques fractions de seconde, comme en un condensé, la solitude, le voyage, la brièveté de la vie, l'immortalité. » Le visage de la jeune fille passe de l'accablement à l'abattement, voire au désespoir. « Je n'arriverai jamais à exprimer tout cela à la fois, dit-elle d'une voix altérée. Je ne dispose même plus d'une demi-heure. Je dois me présenter devant un jury réputé sévère. C'est pour le concours d'entrée au Conservatoire. »

Snodown, le métro tarde à redémarrer. Les trois ou quatre passagers de la rame, absorbés par ce spectacle impromptu, descendent en courant ; ils ne veulent probablement pas rater leur correspondance. « Vous allez voir, ce n'est pas si difficile que cela. » D'une voix de baryton, le vieux monsieur entame le lied qui se déploie en des notes qu'on croirait provenir de l'infini, d'une lointaine grève de silence. L'écho se répercute à travers le wagon tout entier, métamorphosé en salle d'opéra. J'en ai le souffle coupé. « Voyez-vous, il faut prendre son temps, repérer les articulations, les tensions, les détentes. Il faut de la disponibilité, de la patience, de l'authenticité. On recommence ? » La jeune fille attaque de nouveau le lied ; sa voix s'enfle : un prodige d'harmoniques. Transfigurée, elle semble appartenir à un autre monde, loin de la trivialité du quotidien. Les yeux fermés, le visage illuminé, le vieux monsieur bat la mesure. Les dernières notes du lied

La répétition

tombent au moment précis où le métro se met à ralentir. L'exultation du vieux atteint un comble. Entend-il, accompagnant cette jeune voix d'alto, résonner la clameur des cuivres et des cordes qui, jadis, l'accompagnait chaque soir, à l'Her Majesty ? « Nous sommes arrivés à destination, il faut se préparer à descendre », dit la vieille dame en le tirant par la manche de son veston, rompant ainsi le mutisme qu'elle avait gardé durant toute cette scène. Ramené brusquement à la réalité, le vieux se penche, embrasse la jeune fille sur les deux joues, puis, se tournant vers la vieille dame, il détache une rose rouge de son bouquet. Avec une large révérence, très théâtrale, il la tend à la jeune fille. De justesse, le couple descend avant que les portes de la rame ne se referment. Sur le quai, le vieux monsieur sourit, esquisse un signe de la main. Je remarque les rides profondes de son visage, ses yeux rieurs sur fond de tristesse. Il fait encore de grands gestes quand la rame est happée par le tunnel. Se reverront-ils un jour ? Je ferme les yeux, j'oublie la litanie du conducteur égrenant le chapelet des stations, le frottement des pneus, le vent glacial, l'hiver en force qui m'attend dehors.

Mémorable combat

Le patriarche Léo Souffrant — ses contemporains le croyaient éternel puisqu'il vécut jusqu'à l'âge de quatre-vingt-seize ans — avait passé le plus clair de sa jeunesse dans les Vieux Pays. Pendant son long séjour, outre qu'il suivit des cours d'agronomie, il fut exposé à l'enseignement de plusieurs grands maîtres qui lui communiquèrent la science des quatre éléments, lui apprirent ce qu'il y avait d'essentiel à connaître de la terre et du feu, de l'eau et du ciel, l'initièrent à la musique et à la peinture. Quand il revint au pays au début du siècle, le tir des mousquets, la guerre civile faisaient rage et les bandes armées s'affrontaient à la baïonnette, sans merci. Les gouvernements éphémères, renversés par des révolutions de palais, des coups d'État sanglants, voyaient des présidents périr de mort violente.

Regarde, regarde les lions

Cette atmosphère de chaos incita Léo Souffrant à se détourner des affaires politiques. Homme de noble lignage pourtant, il méprisa la voie royale qu'empruntaient tous ceux de son rang, celle de l'ascension vers les hautes cimes du pouvoir, de l'argent et de la renommée. À tous ceux qui s'en étonnaient, il alléguait : « Grande serait mon erreur d'accepter quelque tâche que ce soit qui me rendrait responsable du destin de six millions d'habitants. » Il refusa opiniâtrement toute charge officielle, préféra, à l'agitation du monde, les vastes espaces de la Plaine fouettée par les quatre vents.

Léo Souffrant s'installa sur ses terres, un domaine de plus de cent hectares hérité de son père, haut fonctionnaire, enrichi et anobli par l'Empire à qui il avait rendu de grands et loyaux services. À la stupéfaction de ses pairs et consommant ainsi sa rupture avec eux, il choisit comme femme une paysanne à demi analphabète, venue des Hauts Plateaux, de l'autre côté de l'étang, une femme au cœur aussi grand que la voûte du firmament. À partir de cette date, Léo Souffrant se détourna obstinément des bruits et des pensées du siècle, ne leur accordant pas plus d'importance qu'à la course des nuages sur la lune pleine.

Mémorable combat

Il coula des jours tranquilles en reclus, une solitude épaisse que seuls troublaient le chant des coqs de l'avant-jour, le jeu de la brise du soir avec les palmiers, ou le tremblement des feuilles trempées par la rosée. « Le ciel est vaste et transparent jusqu'aux confins de l'univers, avait-il coutume de déclarer. Aussi, quand l'oiseau vole, suspendu par le vent et des battements d'ailes impalpables, il a la liberté du véritable oiseau. » Sans luxe opulent, il menait une vie fort confortable et bien remplie quoique nimbée de mystères, aux dires des envieux mal parlants. En réalité, ses proches savaient que cette manière d'être ne recelait nul secret et ce qu'ils appelaient mystère n'était que le halo de brume qui couronne toute existence digne de ce nom.

Léo Souffrant avait tout simplement rapporté, des pays de l'autre bord de l'eau, la science des saisons, des métaux et des pierres, la connaissance des nuages, du vent et des ondées fertiles. Il les mit à contribution, planta, sema, fit pousser maïs, cannes et légumineuses, éleva clôtures, construisit maison aux vastes chambres ventilées en tout temps, sec et chaud ou pluvieux et humide. Il introduisit dans la Plaine des techniques d'élevage jusque-là inconnues, donna vie et mort au cheval et au bœuf, feu et braise au mouton et au porc, nourrit d'abondance chrétiens oubliés et chiens errants. La rumeur voulait aussi qu'il eût une parfaite maîtrise de ses sentiments et personne ne l'avait jamais vu manifester publiquement ni rancœur, ni colère, ni désespoir, vivant au plus ras de ses sens, jouissant avec allégresse des sons et des couleurs, des odeurs et des succulences de l'existence.

Nulle ride n'assombrissait son humeur. Il allait toujours par chemins et sentiers en sifflotant, bras croisés derrière le dos ou deux doigts de chaque main enfoncés dans les goussets de son gilet. Rares sont ceux qui ont connu une telle félicité. Serein, détaché même, il se targuait de n'avoir jamais « accepté de faveur d'autrui, fût-il empereur ou président, de n'avoir jamais vendu un seul de ses poils, de n'avoir jamais dérobé ni or ni argent, de n'avoir jamais pillé ni réserves de grains, ni scieries ». Bref, il se félicitait de ne pas connaître l'adresse des caisses de l'État. Il chérissait l'aube, goûtait le calme du crépuscule, persuadé qu'il fallait à tout instant se tenir prêt devant l'inéluctable, l'affronter avec dignité et courage. Cette idée, il l'exprimait de façon plutôt énig-

Mémorable combat

matique : « La mort est une rive sans paysage, sans repère, qu'il faut savoir atteindre en manœuvrant bien sa barque. On ne meurt qu'une fois. »

Léo Souffrant mena donc une existence paisible, réfugié au plus profond de la Plaine, là où ni chaloupe ni engin à moteur ne pouvaient se rendre, à des myriades de kilomètres de la capitale. Il vivait avec simplicité au milieu des siens, parentèles étendues et serviteurs, sans faste ni ostentation, à l'abri des roulis de la Cité. Ses journées étaient réglées comme du papier à musique. Les matinées se déroulaient selon un rituel invariable. Dès huit heures, un serviteur installait sur la terrasse encres, plumes et feuilles de papier. Confortablement assis sur une bergère, Léo Souffrant barbouillait des petits formats sur lesquels il s'échinait à reproduire les nuances de couleur des mangues-muscat, du fruit à pin, de l'aubergine et d'autres produits tropicaux.

Je possède encore quelques spécimens de ces miniatures sauvés miraculeusement des griffes de la brocante. La tâche semblait avoir été difficile et le résultat plus qu'incertain mais, quand on les regarde de près, ces toiles témoignent d'une volonté de reproduire une vision

Regarde, regarde les lions

authentique de la vie. L'après-midi, la sieste faite, il traversait à grandes enjambées le bosquet qui séparait sa propriété du village, bonjourant à la cantonade. Au café, il buvait un verre ou deux et disputait quelques parties de dominos avec des paysans du coin. Par contre, le mercredi, jour de marché au bourg situé à une vingtaine de kilomètres de chez lui, surtout quand le soleil étalait une florissante santé, l'entourage savait que ni lui ni son cheval n'étaient disponibles. C'était le jour de leur grande virée.

Un mercredi soir, ils furent trois à rentrer à la plantation. Juché sur son cheval, Léo Souffrant tenait fermement sous son aisselle droite un coq zinga qu'il disait avoir reçu en cadeau d'un homme qui lui devait reconnaissance. À le voir fier comme Artaban arborer le gallinacé, la maisonnée eut l'impression que quelque chose d'important se passait. De fait, lui qui, toute sa vie, avait toujours fait preuve de pondération, allait, à partir de ce jour, développer une passion, celle des combats de coqs. L'alcool et les femmes, si tant est qu'ils aient jamais été des passions, l'avaient depuis belle lurette subrepticement quitté. Léo Souffrant se disait persuadé que, tout comme l'Amérique

Mémorable combat

laisse émerger beaucoup d'elle-même dans un stade de base-ball ou sur un terrain de football, l'arène de coqs représentait le principal lieu d'expression des peuples caraïbes. Car c'est en apparence seulement que les coqs se battent ; en réalité, derrière cette parade de plumes, de crêtes et d'éperons, ce sont des hommes qui extériorisent, matérialisent leurs fantasmes de puissance.

Dès le lendemain matin, le patriarche se mit en quête d'un instructeur. Il voulait le meilleur, s'il vous plaît, et ne regarderait pas à la dépense. Son offre traversa bambous et cannaies, bananiers et pins, collines et eaux. Un jour, il vint de plus loin que la savane, par-delà la ligne d'horizon, un homme qui assurait posséder des lettres de noblesse dans l'art d'instruire les coqs de combat. Il comptait à son palmarès des pupilles célèbres qui avaient fait merveille, gagné des combats mémorables dans des arènes aussi réputées que celles de Puerto Plata en république Dominicaine, de Santiago de Cuba, et de Maracaibo au Venezuela.

L'homme, affligé d'un bec-de-lièvre que ne masquaient ni une moustache en guidon de bicyclette ni une barbichette à l'impériale, avait, comme en dédommagement, l'œil vif,

Regarde, regarde les lions

ardent. Quand il parut devant le patriarche, il était simplement vêtu d'une vareuse grossière qui laissait, à l'air libre, son nombril et d'un pantalon caca d'oie retenu à la taille par une corde de chanvre. Les traits de son visage, son port de tête, son maintien ne trahissaient aucun âge certain. Sa légende le précédait. On le présentait comme quelqu'un qui pouvait chevaucher le vent, escalader de hautes falaises sans souffrir de vertige, se reposer dans le vide comme d'autres se couchent sur un lit, nager sous l'eau à grandes brassées pendant des kilomètres sans reprendre souffle et traverser un brasier sans se brûler. Ces prouesses éoliennes, ignifuges et autres galipettes lui avaient assuré célébrité et respect unanime. Sa constante fréquentation des oiseaux, particulièrement des tourterelles, sa réputation de grand admirateur des palmiers et des cocotiers étaient aussi connues que ses qualités d'éleveur de coqs de combat, son sens de l'équité et sa patience d'ange.

Le patriarche Léo s'empressa de retenir les services d'un tel phénomène : « Il s'impose que soient employés des talents si magistraux, que soit communiquée une telle expérience afin d'écarter le danger que tout cela se perde. » De plus, il y avait, selon lui, urgence à entrepren-

Mémorable combat

dre l'entraînement de son volatile. La première semaine, l'homme passa un temps infini à faire la toilette du coq, à le baigner, à le brosser, à l'arroser de ratafia sept fois par jour, à nettoyer son bec, à poncer sa crête, à lisser ses plumes, à affûter ses éperons, à doser le savant mélange de quatre grains : riz, maïs, petit mil et blé concassé, devant servir de base à son alimentation. Il le soumettait à un régime spécial, passait avec lui un temps incommensurable, scrutait chaque parcelle de son corps avec la minutie du diamantaire taillant une pierre fine.

Un dimanche, après la messe de quatre heures, cela faisait sept jours que ce manège durait, le patriarche demanda : « Et puis, maître, l'élève progresse-t-il ? Quand sera-t-il prêt à affronter un adversaire ? » L'homme poussa un sourd gémissement, disparut un moment à l'intérieur de sa case et en ressortit avec un tableau dû à l'inspiration d'un peintre populaire maîtrisant, à un rare degré, l'art de reproduire fidèlement le réel ; la peinture représentait un coq superbement panaché, grandeur nature. Il accota la toile au tronc d'un palmier et plaça le coq devant elle. Je fus alors témoin d'une scène inouïe : le gallinacé croyant qu'il avait affaire à un adversaire, un vrai, en chair

Regarde, regarde les lions

et en plumes (j'avoue, et tous ceux qui étaient présents sont de même avis, qu'il y avait de quoi se tromper), se précipita sur le tableau et le troua de grands coups de bec puis, s'arrêtant net, tournoya comme une toupie, « Alors il est prêt ! » s'exclama le patriarche. L'instructeur répondit que ce n'était point son opinion. « Il est fort, mais cette force, comme celle du vent soufflant de la montagne, n'est pas constante. De plus, il traîne un léger défaut. » Stupéfié, le vieillard s'inquiéta. « Lequel ? » Fixant sur le coq un regard attentif, le maître laissa tomber : « N'avez-vous pas remarqué qu'il fonce sans réfléchir, sans savoir où il va exactement ? Qu'il s'arrête, se tourne et se retourne sans savoir où il est ? Avec de tels errements comment pourrait-il sortir victorieux d'un combat ? » Je vis le vieillard marcher vers l'instructeur et lui baiser le front ; puis tous les deux inclinèrent la tête pendant une longue minute sans prononcer un seul mot et se quittèrent. Trois mois s'écoulèrent qui me parurent trois ans. Le coq n'était pas encore prêt et l'entraîneur évoquait, chaque fois qu'on l'interrogeait, des raisons différentes. Je commençais à mettre en doute les capacités de ce pourtant célèbre instructeur.

Mémorable combat

Un après-midi triomphant de soleil, comme je cheminais à côté du père Léo qui m'initiait à la chasse aux papillons, je m'enquis de son opinion sur l'entraîneur. « Il est de la tête aux pieds un océan de sagesse », me répondit-il, sans s'expliquer davantage. Cinq autres mois qui me semblèrent cinq décennies passèrent et le coq n'était toujours pas prêt. L'instructeur parla de sa mauvaise perception du danger. « Il ignore que le péril ne se dresse pas toujours devant nous mais se trouve à l'intérieur de nous-mêmes. »

Puis, un midi, alors que le patriarche tentait de régler quelques différends survenus entre serviteurs, entre « de moitié », querelles de clôtures, d'empoisonnement de puits, vol de bananes, adultère et autres vétilles, on entendit tout à coup sur le sable de l'allée crisser des pas réveillant les chiens attachés au fond de la cour et leurs aboiements. C'était l'instructeur qui passait, le coq sous l'aisselle. Comme le jappement des molosses semblait l'avoir un peu énervé, j'entendis le maître lui conseiller : « Laisse-les s'amuser avec leur vain bavardage et continue ton chemin. » Le père Léo qui avait renvoyé illico la séance, rattrapa l'homme et le bipède qui n'étaient plus qu'à quelques encablures du portique de l'église. « Eh, cria le vieux, est-il enfin prêt à combattre ? » Un soupçon d'impatience perçait sous son ton, malgré tout, amène. « Non ! Non ! Pas encore. Il y a un dernier obstacle que doit franchir notre aspirant ; il faut qu'il apprenne à maîtriser ses émois. Il est encore orgueilleux et passionné. »

Le patriarche resta bouche bée. Cet homme de la Plaine, illettré, l'étonnait par son savoir et son calme. Un des vieux serviteurs à qui il fit part de son ahurissement lui raconta, en guise de réponse, cette histoire qu'il avait entendue de la bouche même de l'instructeur. Alors que ce dernier habitait encore les Hauts Plateaux, un jour, un visiteur, dont il avait pourtant écouté les doléances avec bienveillance et courtoisie, avait brandi un couteau et s'était précipité sur lui en l'agonisant d'injures. À peine l'agresseur avait-il levé le bras avec l'intention manifeste de frapper que le couteau s'envola, dessina quelques arabesques et vint se planter, en plein, dans son propre cœur, le tuant net.

Sept autres mois passèrent qui me parurent sept siècles. « Non ! Il n'est pas encore prêt. Ces complexes persistants d'images et d'impressions toujours changeantes l'enchaînent au

Mémorable combat

monde des formes vaines. Figurez-vous que lorsqu'il entend chanter un autre coq, même d'un village voisin, il se met en colère. Ce mélange d'intrépidité et de fougue l'asservit au temps et à l'espace. » Neuf autres mois plus tard, le père Léo, à bout d'attente et de patience, se rendit dans la case de l'entraîneur et lui déclara sans ambages : « Dans la vie d'un coq, trois ans équivalent certainement à un millénaire. Notre bestiole doit avoir dépassé le record de Mathusalem. Trop vieux, il ne pourra plus combattre. » Imperturbable, l'instructeur répliqua : « En présence d'un autre coq, il a encore, certaines fois, tendance à rebrousser chemin comme s'il prenait peur. »

Durant la période précédant les fêtes de Noël, cette année-là, un vent glacial souffla des sommets et il plut trois semaines d'affilée. La tristesse habitait les amateurs d'éperons. Par à-coups, la brise poussait les nuages et le bleu du ciel alimentait l'espoir d'un retour du beau temps. Mais la pluie recommençait, grossissait les rivières, inondait la Plaine. La mort rôdait, guettant les hommes et les bêtes, et le monde autour d'eux. Le patriarche était au bord du désespoir, craignant de mourir sans avoir réalisé son rêve de voir son coq combattre et gagner. L'instructeur, lui, confiant, poursuivait sa tâche. À n'en pas douter, il maîtrisait sa science et défendait mordicus que l'aspirant devait vaincre son propre aveuglement, combattre une coalition de forces intérieures et de tendances contradictoires.

À vrai dire, l'apprenti avait incontestablement réalisé de spectaculaires progrès. Il avait appris le calme, la sérénité, toute colère rentrée. Le beau temps revint. « Enfin, peut-on envisager un combat ? » demanda le vieux exaspéré, d'une voix glaciale. « Peut-être, répondit le dresseur. Certes, il est encore vulnérable. Si je disposais d'un peu plus de temps, il serait invincible, parfait. » Il annonça, tout de même, qu'il ferait les arrangements nécessaires pour que le combat ait lieu, le lendemain, dimanche de Pâques, à trois heures de l'après-midi. Léo Souffrant poussa un soupir de soulagement et s'en alla sans ajouter un mot.

Quand nous nous présentâmes à l'arène, plumes, éperons, glaives d'acier brillaient déjà au soleil. Un combat venait tout juste d'avoir lieu ; les heureux parieurs se partageaient le contenu de la cagnotte tandis que les malédictions fusaient contre le propriétaire du vaincu. Un gong sonore annonça la reprise. Quatre hom-

Mémorable combat

mes, peut-être cinq, s'approchèrent de l'enclos, chacun cherchant un adversaire approprié au coq qu'il portait à bout de bras. Les tractations se déroulèrent à mi-voix, de façon presque dissimulée. Il est rare que la période de négociations excède une dizaine de minutes mais, cette fois, elle dura plus longtemps. Ceux qui n'étaient pas personnellement concernés par ce combat ne leur accordaient généralement qu'une attention distraite, tandis que les parieurs, attentifs, les suivaient de près. La partie arrangée, ils regagnèrent leur place, discutant avec chaleur les motifs de leur choix.

Puis chaque concurrent arma les pattes de son coq de pointes d'acier tranchantes comme des rasoirs. Cette délicate opération réclame un doigté, un savoir-faire que peu d'hommes possèdent. On compte à peine une demi-douzaine d'éperonniers par village. Notre instructeur sortit de son havresac des éperons, en choisit une paire qu'il attacha aux pattes de son élève à l'aide d'une fine cordelette, avec une minutie qui frisait l'obsession. Ce travail achevé, il le poussa dans l'arène.

Il n'y eut pas de combat. Le premier adversaire fut terrassé par un seul et unique coup d'ergot. Un vent de panique souffla sur les autres coqs qui attendaient leur tour d'affronter le vainqueur. Ils s'enfuirent, effrayés, soulevant sur leur passage un épais nuage de poussière. Personne ne sut, ne put expliquer ce qui avait provoqué, chez les autres gallinacés, une telle épouvante ni pourquoi ils avaient décampé si précipitamment.

Le lendemain, la face de l'univers avait changé. À cent lieues à la ronde, on racontait, avec de multiples variantes, cinquante fois par jour et autant de fois, sinon plus, au cours des veillées, l'histoire de ce coq qui fit détaler, à une telle vitesse, tous les autres, leurs pattes leur donnant la fessée. La nouvelle fit le tour de l'île et des contrées avoisinantes. L'on vit des passionnés de combats, des éleveurs et des dresseurs célébrissimes venir d'aussi loin que des frontières de l'Est pour rencontrer l'instructeur. Mais celui-ci avait disparu le jour d'après. Bien avant le tumulte de l'aube, il était venu frapper à la porte et annoncer qu'il prenait congé. Le vieux, l'air grave, comme s'il avait déjà pris son envol pour le ciel, ne le retint pas. L'homme ne donna jamais plus signe de vie.

Dans la mémoire des gens du pays, vivace est encore le souvenir de ce jour où un coq de qualité rafla la mise, tous les autres adver-

Mémorable combat

saires ayant déclaré forfait. À en croire les conteurs, ce n'est pas le lieu qui marque le combat, c'est plutôt le combat qui marque le lieu. Il ne sert à rien, concluent-ils avec assurance, de s'interroger sur la véracité des faits. Dans la vie, tout est vrai, ou plutôt tout est vérité dans le temps du conte, pourvu que chaque conteur arrive au bout de son récit.

Dans la blanche visibilité

Les auvents baissés, les portes closes, les caves des vieilles maisons, les passages souterrains m'investissent toujours d'une pensée confuse, d'une lancinante inquiétude, la même qui m'oppresse et m'accable toutes les fois que, dans la coulée du temps, les limites entre l'imaginaire et la réalité s'estompent, que l'instant se présente comme un signe à déchiffrer, sans que je puisse déterminer s'il s'agit d'une réminiscence ou d'un commencement. Aujourd'hui, cet univers clos ne soulève en moi ni angoisse ni terreur mais une délicieuse curiosité, une singulière volupté, semblable à celle que je ressens au sortir du petit matin quand, après la première tasse de café, je m'apprête à fumer ma première cigarette.

Dédales de rues et enchevêtrements de ruelles en pente me ramènent à mon point de départ,

Regarde, regarde les lions

alors que je croyais suivre scrupuleusement flèches et signaux apposés aux carrefours indiquant l'itinéraire, la distance à parcourir. Quelques secondes de distraction ont-elles trompé ma vigilance ? Je traverse un passage étroit et sombre comme si la nuit brusquement était tombée sur la ville, une nuit de midi quand le soleil joue une partie de cache-cache avec les nuages ou la lune. Les façades des maisons, des deux côtés, ont complètement disparu, laissant l'impression que cette venelle est un tunnel bordé de nuages et d'ombres. Une chanson sans paroles dont la mélodie éveille en moi le souvenir d'une comptine que l'on apprend à l'âge du babil, où il est question d'une plume et d'une chandelle morte, m'accompagne le long de mon périple. Quelle insupportable sensation d'avoir le nez au ras de l'asphalte ! Je lève la tête vers le ciel, je me sens et me vois comme une minuscule fourmi. Je n'en mène pas large.

Combien de temps ai-je passé à l'intérieur de ce tunnel ? Impossible de l'évaluer, n'ayant à ma portée ni horloge, ni sablier, ni clepsydre. Quand je débouche à l'air libre sur une place accablée de soleil, il est midi. Je le sais car je piétine mon ombre. Une foule dense assiste,

Dans la blanche visibilité

hilare, à un spectacle. Debout, près d'une fontaine en marbre blanc, grandiose comme un autel, un homme sans âge, le visage blafard, les sourcils et les lèvres allongés par de grands traits noirs, la main droite en visière, la tête inclinée vers l'arrière à se rompre le cou, scrute la voûte céleste. Il esquisse brusquement un mouvement de recul. Ses yeux sont exorbités comme s'il était horrifié par ce qu'il voit. Il suit du regard la marche d'un invisible mobile sur l'écran bleu que le soleil enflamme de tous ses feux, sans un nuage pour l'obscurcir. Le voici maintenant accroupi, les bras noués au-dessus de la tête en un geste de protection. Haletante, la foule l'observe. Quel bombardement de météorites va nous anéantir ? Lentement, il écarte les bras, jette un coup d'œil timide autour de lui, laisse échapper un grand soupir de soulagement, se redresse en effectuant mille cabrioles. Applaudissements de la foule. Je ne dispose pas d'assez de temps pour assister à son prochain numéro.

L'allée boisée, baignée d'une douce lumière, conduit à un bâtiment d'une blancheur éclatante. Il se dresse majestueux au milieu de la place, avec son portique devant lequel veillent deux lions d'airain, sa façade sertie de marbre précieux, ses rangées de colonnes couronnées de chapiteaux corinthiens. Les parties latérales sont encadrées par des échafauds, des enchevêtrements de métal comme ceux qu'on utilise quand les parois extérieures d'un immeuble doivent être soumises à un ravalement d'entretien.

Je suis au bout de mon voyage, parvenu en ce lieu de mémoire, au terme d'une pérégrination pendant laquelle j'ai vécu sans aveu, sans feu ni lieu, sans sou ni pain (et je vous prie de croire que nul romantisme n'entache cette litanie du dénuement), entre charité et coups de bâton, interdit de séjour dans les trains, les gares, les stations de métro, passant chaque fois par miracle à travers les mailles de filets savamment tissés (technique perfectionnée au cours des siècles). J'ai marché jusqu'à perdre souffle, ne me plaignant jamais. (Par-devant qui devrais-je le faire ?) Je le sais d'instinct que je suis parvenu en ce lieu que nombre de voyageurs ont décrit et surnommé l'Anongue, trois syllabes qui m'ont hanté depuis le jour où je les ai lues. Ceux qui ont laissé des témoignages de leur odyssée prétendent que la volonté d'entreprendre ce pèlerinage procède de blessures anciennes que le temps n'est pas parvenu à cica-

Dans la blanche visibilité

triser. Tous les témoignages concordent ; tous ceux qui, avant moi, ont tenté cette aventure avertissent qu'il est inutile de vouloir trouver un moyen infaillible pour se guider en ce lieu où rien n'appartient à personne, ni pensées, ni mots ; en ce lieu où passé et avenir, mémoire et imagination, loin de se dissocier, possèdent les mêmes traces, récrivent la même histoire. Là, disent-ils, les êtres sont en proie à des pressentiments qui ne sont au fond que des souvenirs. Là, les réminiscences ne sont qu'anticipations, presciences. Là, les divers âges de la vie se vivent dans un interstice, boucle récursive.

Un monumental escalier aboutit à une esplanade. Prestement, j'en emprunte les larges marches dallées de marbre blanc. J'ai hâte d'atteindre le portique, de me retrouver entre les murs de ce bâtiment qui raconte l'Histoire, celle des cinq continents depuis le tréfonds des âges. J'ai hâte de comprendre le mobile qui a incité à vouloir la sauvegarder au point de la matérialiser dans un monument de cette importance. Des rafales de vent enflent l'étoffe de mes vêtements et ralentissent ma progression. Je parviens enfin à atteindre le parvis.

La porte centrale, aveugle, surmontée d'une architrave massive, est fermée. Je longe le

Regarde, regarde les lions

portique. Une cour intérieure donne accès à un corridor. L'entrée est gardée par un homme vêtu d'un habit bleu garni d'épaulettes en or, coiffé d'un képi cerclé d'or aussi. Je m'approche, prêt à lui demander les informations qui me semblent indispensables pour la visite des lieux mais une inscription, en lettres gothiques, accrochée au chambranle m'interdit de lui adresser la parole et avertit que la visite de cette enceinte n'est pas permise à n'importe qui parce que n'étant pas indemne d'égarements, vu les nombreuses impasses. Je savais, bien avant d'entreprendre ce voyage, que j'aurais à jouer avec le feu sans pare-étincelles et que cette passion d'explorer les frontières de l'inconnu pouvait me dévorer. Je savais qu'une fois arrivé en ce lieu je risquais de rencontrer quelque vorace exigeant qui m'obligerait à déployer, pour le nourrir, une activité fébrile.

Ce lieu, je voudrais ne l'avoir jamais connu, ne l'avoir jamais visité mais les livres, les témoignages, l'usure même de la vie me l'ont imposé en quelque sorte comme le passage obligé, le terme inexorable de mes pérégrinations. Je ne souhaite pas à mon pire ennemi d'emprunter ce chemin et, pourtant, il me semble que tout ce qui bouge et vit n'a d'autre

Dans la blanche visibilité

choix que de glisser imperceptiblement vers cette contrée, même si on évite toute erreur de parcours, même si on prend toute forme de précaution. Il en est ainsi et la révolte la plus radicale n'y peut rien.

Le couloir débouche sur un souterrain glacé, un gouffre sombre faiblement éclairé par quelques lumignons. Sur les parois sont peints des bêtes de légendes, des animaux d'autrefois ou à venir, dégoûtants de laideur, un peuple hideux d'iguanes à la carapace cornée, de serpents de Cléopâtre à la langue bifide, de diplodocus à la gueule agressive, de tortues ailées massives jusqu'à la difformité, de crapauds-buffles couverts de plaques écailleuses, de tigres aux crocs acérés, de lions à l'humeur méchante. Je sens le souffle de ces monstres sur mon cou, sur mes mains, dans mon dos ; mes oreilles sont remplies de leurs rugissements, de leurs hurlements ; mes narines flairent leur pestilence.

Pris de nausée, j'allonge le pas, grimpe prestement l'escalier à pic creusé à même le roc et franchis le seuil d'une salle déserte, une pièce immense, dallée de marbre écru. Un rapide coup d'œil me permet de me rendre compte qu'il n'existe aucune possibilité d'y séjourner : il n'y a, sur les murs, ni armoirie, ni portrait, ni tableau, ni fresque, rien qui puisse retenir le regard ; aucun divan, aucune chaise, aucun meuble n'invitent non plus à se reposer ; de sorte qu'on ne peut qu'y passer. Je traverse seul, silencieux, d'autres pièces en enfilade ; elles se ressemblent toutes : pas même un poteau pour s'accoter, une niche où se retrancher.

Quelle métaphore voulait matérialiser l'architecte qui a construit ce palais ? La concrétion de toutes les vies qui nous ont précédés ? À chacune des portes d'accès de cette succession de pièces sont accrochées des inscriptions, certaines immédiatement lisibles, d'autres indéchiffrables ou presque. L'une d'elles me frappe particulièrement, d'autant qu'elle revient en leitmotiv, ponctuant les étapes de mon cheminement. « N'aie point mémoire des fleurs, seule compte celle de leurs essences. »

Cette sensation de vide, cet isolement, cette inquiétante étrangeté me suffoquent. Y a-t-il une issue au bout de ce parcours ? Vers quoi ? Je reconnais l'inanité de mon désir de rebrousser chemin. Un seul choix, affronter l'inconnu. Je pénètre dans une autre pièce. Mes yeux habitués à la monotonie de l'environnement perçoivent tout de suite un changement : une teinte de vie la colore. Sur une étagère est posée un magnéto-

Dans la blanche visibilité

phone. Une notice en lettres gothiques indique aux visiteurs qu'ils doivent actionner cet appareil. Une voix gutturale emplit la pièce. Un discours sans introduction comme si on le saisissait au vol, qu'il avait commencé depuis longtemps. La voix souligne l'impatience, le découragement que peut provoquer, au cours de cette entreprise, l'impression de piétinement. Puis elle s'éteint. Seul le léger grésillement du ruban se déroulant lentement trouble le silence. J'attends qu'il arrive au bout et que recommence l'introduction que j'ai ratée. Je scrute la demi-obscurité, essayant de détecter d'autres formes de vie. La voix sentencieuse et grave émanant de l'appareil me surprend. Mon attention distraite a laissé échapper les premiers mots. « ... Mais les générations qui viendront après vous gaiement déjeuner sur l'herbe, sans souci de ce qui dort en dessous, ignoreront les épreuves sanglantes ou moralement destructrices qu'il a fallu surmonter pour que refleurisse la vie. »

Le mur en face de moi s'anime. Des ombres se contorsionnent en gémissant, en hurlant, des cris difficiles à identifier, amalgames de sons : tintements de cloches, sirènes d'alarme, hennissements de bêtes perdues, glapissements aigus, râles et souffles. Des images se précisent. Un enfant pleure. Il tient encore entre ses doigts tremblants le fil qui attachait son cerf-volant éventré. À côté de lui, des corps étendus sur le dos, visages ensanglantés, en face, des soldats, mitraillettes pointées. Un vieillard, le teint basané, les cheveux et la barbe crépus, blancs, les lèvres charnues observe la scène. Dans ses yeux, il y a de la braise. Dans son verbe, une violence rentrée. « Quel danger recèlent les mots pour qu'on s'obstine à vouloir faire taire ceux qui parlent ? Cette hantise remonte à la nuit des temps. Pourquoi ainsi redouter la prolifération de la parole ? »

Comme les séquences d'un film, la progression de pièce en pièce consigne toutes les turpitudes dont peuvent parfois se rendre coupables les êtres humains. Présence obsédante de défilés sur les routes, accumulation de bâtiments carcéraux, bûchers, crucifixions dans les ténèbres, travail à la trique, camps d'extermination, hommes armés saccageant les villages, les mettant à feu et à sang, traquant encore la vie au milieu des ruines. À l'entrée d'une salle, je reçois un coup de poing visuel : une bouche crie, les lèvres percées de clous d'acier ; rivée à une table, étendue sur le dos, une femme nue ; sur la

Dans la blanche visibilité

pointe des seins, entre les jambes ouvertes, sont posés des câbles électriques qui impulsent au corps d'atroces soubresauts. Dans une autre pièce, des femmes se lamentent sous des fondus-enchaînés de cheminées, de rouages mécaniques, de lynchages. Partout, sous une lumière crue, éblouissante, des images poignantes racontent l'inconcevable, tandis qu'une musique assourdissante, mélange hétéroclite de sons provenant de différents instruments de percussion, me déchire les tympans.

Salle après salle, je vis cette réalité nourrie de tant de morts. Je vis la mort. Mes morts successives se vivent au présent, elles se déroulent sous mes yeux, il me suffit de regarder. Mes morts sont multiples. Je meurs cent fois, je meurs crucifié, je meurs immolé, je meurs pendu, je meurs du supplice de la roue, je meurs attaché aux poteaux d'exécution… Tel un paon, la mort fait la roue devant moi. Je ne comprends pas ce qui m'arrive. Je hurle à pleins poumons : « Je ne suis pas coupable, c'est une erreur ! » S'élève alors une voix déjà entendue, celle du vieillard qui déplorait l'obsession des pouvoirs de faire taire ceux qui parlent « Qui parle de culpabilité ? N'êtes-vous pas un être humain comme tous les humains ? Comment

un être humain pourrait-il être coupable ? »
J'inventerais Dieu pour me délivrer de l'angoisse
qui m'étreint. « Mais que veut-on de moi ? » La
voix sentencieuse reprend : « Ceux qui ont disparu ne reviendront jamais crier l'inconvenance de leurs supplices et de leur mort. Seuls
les mots pourront célébrer leur grandeur. »
Tout à coup, le silence et l'obscurité m'enveloppent. Il me faut renoncer à retrouver pied, il
faut que je me dépêche de fuir cette salle trop
étroite qui enferme tout espoir, inapte à être
considérée comme un espace public. Je cherche
obstinément une issue et me retrouve inopinément dehors dans la blanche visibilité, juste à
temps pour voir les murs du bâtiment s'effondrer, tomber dans un fleuve large comme la
mer.

Nocturne

Qu'injuste est la vie ! Voilà la conclusion à laquelle parvint Gabellus quand il eut fait le décompte des gestes posés au cours de chacune de ses journées, routine bien réglée comme un mécanisme d'horlogerie. Être disponible jour et nuit, se lever tôt, remplir toutes les tâches domestiques, obéir au doigt et à l'œil, telle était sa vie, une destinée apparemment scellée de façon irrémédiable. Tout cela pour un maigre salaire dont personne ne pouvait vivre, même pas dans une petite ville de province. Pourtant, jusqu'à cette veille de la fête du Travail, malgré les lourdes charges que son Maître lui imposait, il se souciait peu du traitement dérisoire et du travail comparable à celui d'un forçat.

Cette propriété, entre mer et montagne, avait été la seule demeure de Gabellus, après qu'ayant abandonné ses collines natales il avait pris la route à pleines voiles, traversé la plaine couverte de cannaies à perte de vue, emplie de gazouillis multiples, véritable sanctuaire d'oiseaux. Épuisé par deux nuits sans sommeil, par la faim et la soif, il s'était affalé sous le grand mapou qui ombrageait le murmure de la source. Le Maître, rentrant de sa promenade matinale, l'avait trouvé là, lui avait offert gîte et travail.

Mais c'était bien avant que, plus loin, par-delà le marché, on eût ouvert la fabrique de balles de base-ball, à coups de salivations officielles du député, du maire sublimant le capitalisme, et à grand renfort d'instruments à vent élogiant les bienfaits de l'esprit d'initiative et de la libre concurrence. Bien avant que ses yeux n'aient rencontré ceux d'une femme qui le désarçonna. Il avait eu, ce jour-là, la mission d'accompagner aux festivités le fils du Maître. Il avait croisé en chemin une foule prodigieuse qui accourait à l'inauguration. On s'interpellait familièrement, on se bousculait, question d'avoir les meilleures places, et les gamins excités qui avaient congé pour l'occasion, telles des anguilles, se faufilaient entre les jambes des aînés afin d'être

Nocturne

aux premières loges. Gabellus avait peine à retenir la main du fils du Maître. Au milieu de ce vacarme assourdissant, il s'entendit apostropher : « Hé, m'sieur, vous me bouchez la vue. » Celle qui s'adressait ainsi à lui levait des petits yeux noirs de biche. La joliesse de ses traits mit en émoi ses cinq sens et le sixième que la bienséance interdit de nommer.

Jusque-là, il n'avait jamais cru qu'une femme pourrait partager sa vie. La pitance que le Maître lui versait ne lui permettait pas de penser à l'avenir. Peut-être devrait-il se faire embaucher à l'usine ? Mais cela risquait d'être long, une troupe assiégeante de demandeurs d'emploi se pressait aux guichets. Entretemps, ne pourrait-il pas bénéficier d'une modeste augmentation ? Il se présenta donc devant le Maître, tôt, dans la lumière naissante de ce premier jour de mai. Celui-ci détaillait à la cuillère la consistance gélatineuse d'un fruit tropical. Il devait être savoureux puisque le Maître en avait déjà englouti une demi-douzaine à en juger par les noyaux, de la taille d'un œuf d'oiseau, empilés sur une assiette émaillée. « Maintenant ou jamais », s'était dit Gabellus. Il se racla la gorge, un toussotement qui domina le clapotis proche des vagues mouillant inlassablement la grève. « Maître, vous savez que je suis un rude travailleur. J'ai plus de trente ans et je n'ai pas, depuis que je suis à votre service, pris une seule journée de vacances... Si encore j'avais pu mettre de côté quelques sous... Il est grand temps que je commence à penser à l'avenir... Aucune femme ne voudra de moi, miséreux comme je suis. Je mériterais un traitement approprié à ma charge... » Le Maître, d'étonnement, avala un noyau et faillit s'étouffer. Gabellus qu'il avait ramassé crevant de faim sur la route osait réclamer un dû. Il répondit vertement : « Trouve-toi une chaise et vois si elle peut prendre la forme de ton cul. » Ce n'était pas envoyé dire. Il signifiait ainsi qu'il n'avait aucune intention d'accéder à la requête. Devant tant de mauvaise foi, Gabellus retourna en maugréant à ses occupations.

Dans cette contrée du monde, l'esclavage n'est pas mort. Il subsiste sous d'autres formes, aussi pernicieuses, aussi insultantes pour qui est le jouet d'un maître, sa chose, son bien de mainmorte, dompté, vaincu. Comment alors s'étonner que les ténèbres de l'irrationnel, vestiges du fond des âges déposés substantielle-

Nocturne

ment en l'Homme, prennent le pas sur les lumières ? Là, les morts ne meurent jamais de mort naturelle ; les chrétiens sont prêts à vendre leur âme au diable afin de trouver le secret qui leur permettrait de marcher sous la pluie sans être mouillés, d'affronter les mystères de la nuit, métamorphosés en chien ou en chat, de maintenir le prochain en haleine, de le faire trembler, de lui concocter un sort peu enviable. Gabellus fit-il ce qu'il fallait faire, comme on dit ?

Quoi qu'il en soit, le narrateur ne désire pas continuer sur ce ton ; ce serait inutile puisqu'il habite un lieu de vérité et son personnage, le mensonge. Ce qui va arriver à Gabellus ne relève pas de l'ordinaire et, si l'on ne peut donner garantie que les choses se sont déroulées ainsi ni qu'elles sont réellement advenues, il n'empêche qu'elles adviendront certainement un jour. Ce ne sera pas la première fois ni la dernière que le récit, au lieu de témoigner de la réalité, la devance, l'invente même avec toutes ses ficelles et ses coutures. Pour la commodité du lecteur et afin d'abandonner le monotone et anonyme « il » dont il convient d'affubler ordinairement le protagoniste d'un récit, le narrateur, qui a la réputation de ne pas craindre de faire siennes les aventures qu'il rapporte, va prendre cette histoire à son compte, assumer les faits et écrire « je ».

Cela commença étrangement. Un réduit, un débarras jouxtant le pavillon principal, me servait de chambre. Il fut empesté par des gaz s'échappant de ma bouche et de mon anus avec grands bruits et grands vents, comme un ballon de baudruche qui se dégonflait. Je ressentais en même temps une profonde lassitude, comme si on m'avait inoculé un poison. Je m'approchai de la fenêtre ; une brise, l'espace d'un instant, m'effleura le visage. Je passai la main sur mes yeux ; un étau se refermait autour de mon front, un froid coriace me pressait les tempes : que m'arrivait-il donc ? J'étais en sueur, complètement trempé, traversé par des vagues successives de chaleurs et de frissons insupportables. Bah ! ce n'était qu'un mauvais moment à passer, la digestion difficile d'un repas avalé trop vite et trop tard, juste avant de me mettre au lit, les corvées quotidiennes accomplies. Ce malaise dura jusqu'au chant du coq célébrant la victoire de l'aube. Il était quatre heures, le temps de se lever, de se

Nocturne

remettre à la tâche : balayer et arroser le pas de la porte pour chasser les mauvais airs, griller et piler les grains du café matinal, mettre en train le petit déjeuner. Mais voilà, je voulus vainement prendre appui sur mes mains, je n'en avais plus, ni de bras. Des yeux, je cherchai mon torse, mon sexe et ne les trouvai point. Je n'avais plus deux jambes mais une seule, raide, filiforme, avec des nœuds à la place du genou, des jointures, des orteils. Ma tête elle-même se mit à rapetisser jusqu'à atteindre la dimension d'un poing.

Avec les premiers rayons du soleil me vint la révélation : froid, raide, noueux, je n'étais plus qu'un bâton ! J'étais un bâton, oui, rien d'autre qu'un énorme bâton, érigé en phallus, dur, sans pubis, allongé là sur mon grabat, aveugle, muet, envahi de sensations étranges qui n'avaient aucun rapport avec ma détumescence. Un bâton ? Absurde ! impensable ! Un bâton ? À quoi allais-je servir maintenant ? Était-ce un cauchemar ? Ne se réveille-t-on pas souvent en transe et en sueur travaillé par le souvenir d'un rêve où l'on s'est vu un arbre géant, où l'on s'est senti aspiré par un gouffre, où l'on s'est cru rapetissé à la dimension d'une puce, où l'on a fait une chute du haut d'une falaise vertigineuse ?

Regarde, regarde les lions

Savoir comment tout cela est arrivé relève de l'énigme. D'aucuns pourraient déblatérer longtemps sur les drogues, sur les effets hallucinogènes de certaines plantes, sur le delirium tremens provoqué par un abus d'alcool frelaté. Mais je suis bien placé pour savoir que ce n'était pas le cas. Aussi me contentai-je d'enregistrer que cette sensation d'être un bâton, loin d'être pénible, me procurait un sentiment d'aise qui me comblait et que j'assimilai au bonheur, moi qui n'ai jamais connu d'autre bonheur que celui de saisir l'instant : voir soudain jaillir une source, goûter la fraîcheur de l'eau, capter la fugacité d'une présence.

Grincement de la porte. Le Maître était là. Je l'ai reconnu à son odeur, au bruit de ses pas. Le Maître a passé le seuil de la porte du cagibi et m'a appelé : « Gabellus ! Gabellus ! » Plaît-il, Maître, ai-je cru répondre ; à l'évidence, il m'était impossible de parler, impossible de proférer un son, une note, de faire un geste. Il ne boira pas de café avant sa promenade matinale, pensai-je avec un brin de plaisir, en constatant sa mauvaise humeur. Il se dirigea vers la porte puis, se ravisant, revint vers le lit, s'empara du bâton qui y était posé, le tourna et le retourna, en apprécia la dureté du bois, la

Nocturne

rigidité, la solidité, l'arrondi du pommeau. « Ce bâton est splendide ! » dit le Maître en effectuant quelques moulinets. Je me sentis pirouetter trois fois sur mon talon. « Quel splendide bâton ! » Trois tours complets sur moi-même sans changer de place. Ces mouvements de rotation semblaient amuser le Maître. Il oublia sa déconvenue de ne pas me trouver, d'être obligé de se passer de café.

Ma tête fermement emprisonnée dans sa paume, le Maître appuya sur le bâton tout le poids de son corps. En moi-même je gémis, car il était lourd, le Maître. La porte du réduit claqua ; me voilà convié à des exercices de lévitation : je perdais pied, retombais sur mon pied, de façon intermittente, avec la vitesse régulière d'un métronome. Au bout de quelques minutes, je compris le sens de cet intolérable balancement, de ce va-et-vient, de ce tangage : c'était l'instant de la promenade quotidienne et j'accompagnais le Maître. « Quel beau bâton vous avez là, Maître, quel beau bâton ! Il doit être fort ancien ; seuls le temps et une main experte peuvent avoir donné à un bout de bois cette allure de sceptre royal », disaient des voix déférentes. Elles louaient la simplicité de la forme renforçant une raideur digne d'un grand sculpteur, le poli du pommeau qui rappelait le mouvement d'une tête rejetée en arrière. « Je vous remercie. » Le ton recelait une forte dose de satisfaction, d'orgueil. La promenade quotidienne du Maître dura, ce matin-là, une heure de plus. L'asphalte brûlait déjà sur le chemin du retour. En arrivant chez lui, le Maître accota négligemment le bâton au mur dès qu'il eut franchi la porte d'entrée puis s'en alla vaquer à ses occupations. J'éprouvai un singulier bien-être à me retrouver seul, sans besogne à abattre. Chaque jour, à cette même heure, le Maître, à cheval, visitait ses champs, emblavures de maïs, forêts de bananiers, buttes de patates douces. Il morigénait ses « de moitié », se plaignait de leur piètre rendement, menaçait de les congédier. Quant à la femme du Maître, installée sous la tonnelle de latanier, son ouvroir comme elle se plaisait à la nommer, elle supervisait un essaim d'ouvrières qui brodaient, pour quelques sous la pièce, des sous-vêtements de soie dont elles ignoraient les destinataires.

Être un bâton, que c'est reposant ! Un parfum d'ilang-ilang embaumait l'air. Par la vitre de la fenêtre, je contemplais la voûte du ciel et la course des nuages, j'admirais l'éten-

Nocturne

due de la mer ouverte sur l'infini, la mer teintée de toutes les nuances de bleu. Je me mis à penser aux différents usages d'un bâton. Planté en plein soleil au milieu des champs, il sert à suspendre les épis de maïs et de petit mil ; canne, il guide les pas de l'aveugle ; dieu lare, objet fétiche, il protège la maison. Être posé là sans bouger, Dieu qui m'a créé, Grand Maître, le plus grand des grands ! pourquoi m'avez-vous privé si longtemps de cette félicité ? Je crevais de jubilation. « Gabellus ! Mais où est passé Gabellus ? » Je sursautai et ne tardai pas à comprendre que mener une vie de bâton était loin d'être aussi reposant que je le croyais ; c'était vivre de façon déréglée et agitée. En effet, le Maître revenu, il s'empara de son bâton et voulut chasser un chien galeux égaré sous la véranda. Et me voilà coureur de saut d'obstacles. Pourquoi pas une sauterelle et sauter sans courir ? Je ne suis vraiment pas fait pour la course. J'ai toujours trouvé que ceux qui couraient coudes collés au corps affichaient une attitude grotesque. Je ne suis qu'un cheval de somme fourbu et non un fier coursier qui, le signal donné, file ventre à terre, jusqu'à la ligne d'arrivée. Je me sentis tantôt léger comme une plume, suspendu en l'air, tantôt très lourd, massue s'abattant sur l'échine d'un chien couinant. J'étais à bout de souffle, recru de fatigue.

J'eus à peine le temps de reprendre haleine que sonnèrent quatre heures de l'après-midi. Les clameurs des écoliers, véritables piaillements d'oiseaux échappés d'une volière, emplirent l'air. Un charivari d'enfer : ils sifflaient, hurlaient, chahutaient, éclataient de rire. Le fils du Maître a traversé en flèche la cour et, tout essoufflé, est entré en coup de vent dans la maison. « Père, avez-vous vu Gabellus ? Mon goûter n'est pas sur la table... Père, où est passé Gabellus, je voudrais jouer à cache-cache avec lui », dit le fils. « Je ne l'ai pas vu depuis l'aube, fiston, il est peut-être parti exécuter mille cabrioles et reviendra la nuit tombée, chargé de mille douceurs. » Le fils vit le bâton appuyé contre le mur, le prit et passa le pas de la porte. Je me retrouvai parmi les caprins, les bovins, les cactus, les bananiers et la poussière. Ma tête sur un bout d'index, j'exécutai quelques tours de la propriété. Étrange position ! Fragile équilibre ! Je respirais à peine. Ce jeu puéril, dangereux, dura jusqu'à la tombée du jour me laissant, je suppose, blême de la blancheur des morts. Quand, vers six heures, il me déposa derrière la porte d'entrée, encoignure qui semblait désormais ma place, l'esprit humain n'était plus apte à compter le nombre de fois que j'avais fait, dans cette position inconfortable, la tête sur le bout de l'index, le tour de l'habitation.

Tout à coup, une exhalaison parfumée qui s'épandait comme une coulée, pleine de senteurs agressives, piment rouge, thym, sauge, basilic, me submergea. Le souper dégusté sur la véranda avec son fumet d'épices, le fils inventa un autre jeu : il enfourcha le bâton et galopa à travers la maison. « Hue, dada, hue ! » Sa main, armée d'un fouet de roulier, frappait le cheval, alezan retors. J'avais le vertige, j'avais la nausée, j'étais épuisé. Un fleuve pour étancher ma soif, des orties pour apaiser ma faim. Et puis, ce fut l'heure du coucher. Le bâton fut placé en position oblique entre les montants de la porte d'entrée. Le Maître l'avait mis là, comme protection supplémentaire. Si d'aventure quelqu'un forçait la porte, le bruit que ferait le bâton en tombant réveillerait toute la maisonnée. « Je le crois sans peine », acquiesça la femme du Maître, le plafond dans les yeux. Le Maître n'enfila pas comme à l'ordinaire son pyjama rayé, parce qu'il ne l'avait pas trouvé plié en dessous de l'oreiller où je le plaçais le matin ou parce qu'il faisait une chaleur à fondre les pierres. « Mais où as-tu trouvé ce bâton ? » demanda la femme du Maître après quelques moments de réflexion. Le Maître ronflait déjà à poings fermés tandis que, dehors, les chouettes, accrochées immobiles sur les branches des amandiers, hululaient. Le vent ne tarda pas à se lever, un vent qui balayait avec autorité tout sur son passage. Malheur à celui qu'aucun bon ange, cette nuit-là, ne protégeait.

Pour la commodité cette fois du narrateur, il doit abandonner le « je » car il ne peut assumer ce qui se passa par la suite. Il est donc obligé de s'en remettre à la parole de nuit, celle que colporte la rumeur, ce premier état des faits avant qu'ils ne deviennent des vérités. Vers minuit, le Maître, sa femme, son fils, reçurent une raclée administrée par une main invisible et anonyme. Il leur fut impossible de dénombrer les coups de bâton. Le fils ne savait pas bien compter ; il en accusa une centaine. La mère fut plus généreuse ; elle calcula mille huit cent quatre. Quant au Maître, au bord du silence, il gémissait, se plaignait, toutes les fois qu'il sortait de sa profonde prostration. Engouffré dans

Nocturne

son lit, on eût dit qu'il n'attendait désormais que le dernier coup de truelle qui scellerait sa tombe. Le médecin mandé à son chevet enregistra une commotion cérébrale, dénombra plusieurs bosses sur le front, repéra une coupure au-dessus de l'arcade sourcilière, constata la fracture de la clavicule gauche et d'un fémur. Le bâton ne fut pas retrouvé au travers de la porte d'entrée béante, les battants claquant aux quatre vents.

La triple mort de Salomon Lacroix

Un matin comme tous les autres matins de sa vie, un vendredi très ordinaire, à l'heure où les cloches sonnaient l'angélus, Salomon Lacroix était sorti de chez lui. Mais voilà, depuis ce vendredi matin, il n'est plus rentré. Ni ce jour-là ni aucun autre. Les habitants du quartier n'ont plus assisté au rituel de ses retours extravagants à la maison. Dans la lumière de l'après-midi, à peine franchi le petit pont qui enjambe le ravin, on l'entendait appeler : *Martha, tu dulce marido está aquí!* Et la porte de l'appartement se refermait sur la cascade de son rire pareil au gloussement des ramiers partant à la conquête de l'été.

Alertés au petit jour, le samedi, parents et amis conclurent, quoique un peu étonnés, à une frasque, car la façon dont marche ordinairement le chat ne correspond nullement au rythme de ses pas quand il piste les souris. Ici comme ailleurs, la disparition temporaire d'hommes mariés fait partie du quotidien. Martha ne cultivait pas la jalousie ; elle n'aimait pas cette fleur qui, tel le cactus, suce le sang de la terre qui l'accueille. La sagesse de ses proches ne la satisfaisait pas. Lundi la trouva plantée sur la galerie de l'avant-poste de police.

On lui fit attendre son tour. À la vérité, elle ne comprit pas pourquoi elle devait poireauter là, les bancs verdâtres alignés des deux côtés du couloir étaient vides. Vide aussi le bureau dont la porte entrebâillée laissait voir deux chaises métalliques de part et d'autre d'une table qui, en des temps meilleurs, avait dû être blanche. L'adjudant de service lui apporta un formulaire à remplir. Elle devait y inscrire, en majuscules s'il vous plaît, le nom de la personne disparue, son adresse, son âge, son sexe, son poids, sa taille, son métier ou sa profession. Quand elle l'eut tant bien que mal complété et signé, on lui demanda de passer dans le bureau où le commandant qui venait d'arriver l'attendait. Le moustachu qui jouait distraitement avec un coupe-ongles ne l'invita pas à s'asseoir ni ne consulta le formulaire qu'elle lui remit. Il se contenta de la questionner, sans noter ses

La triple mort de Salomon Lacroix

réponses, sur les habitudes de Salomon, ses fréquentations, les gens qu'il rencontrait avec plus ou moins d'assiduité. Salomon était un homme régulier, sortant et rentrant chaque jour aux mêmes heures, avait peu d'amis et Martha ne lui connaissait aucune accointance douteuse. Le commandant lui dit qu'elle pouvait partir, l'enquête suivrait son cours. Pendant deux semaines, chaque jour, Martha avec la ténacité, la persévérance des folles de la place de Mai, alla aux nouvelles. Invariablement, on lui répondait que les registres des prisons, des salles d'urgence des hôpitaux, des morgues, ne mentionnaient pas le nom de Salomon Lacroix.

Le quartier garde encore mémoire du jour où deux gendarmes de l'avant-poste de police se présentèrent au domicile de Martha. Le commandant la mandait en ses bureaux. On avait repêché près des berges du canal, à l'entrée de la rade, le cadavre à demi défiguré, gonflé comme une outre, d'un homme qui, si on se référait aux indications qu'elle avait elle-même fournies à la police judiciaire, était celui de Salomon Lacroix. Le commandant fut catégorique : les données étaient irréfutables. L'enquête avait été menée dans les formes et les règles de l'art, avec la plus grande rigueur. Elle reposait sur

Regarde, regarde les lions

les témoignages de deux citoyens, en tous points crédibles, les derniers à avoir vu Salomon Lacroix vivant. « Buvait-il, madame ? » Un des témoins l'avait vu marcher en titubant sous la pluie, à la limite où la grève s'efface en morne falaise. Martha affirma, sous la foi du serment, que jamais Salomon, pendant toutes leurs années de vie commune, n'avait manipulé une bouteille d'alcool, pas même pour une friction, ni humé ses effluves, pas même pour un mal de tête. « Aurait-il eu des raisons de se suicider ? L'autre témoin l'avait croisé dans le terrain vague du côté de… Vous savez, cet étroit canal d'adduction d'eau que la moindre averse fait gonfler ? » Devant la réaction de vive surprise de Martha, le commandant baissa la voix. « Après tout, cela pouvait n'être qu'un accident. La boue rend le sol si glissant de ce côté. » L'enquête était désormais close, l'affaire classée.

Martha revint de cette rencontre révoltée. Elle avait la ferme conviction de ne pas avoir reconnu son homme. On lui avait remis un cadavre, en état avancé de putréfaction, qu'on avait fait passer pour celui de Salomon. Personne ne voulut la croire, ni parents, ni amis, ni voisins. Ils préférèrent accuser le chagrin ; il

La triple mort de Salomon Lacroix

lui aurait tourné un peu la tête. Le décès de Salomon Lacroix fut enregistré officiellement et Martha, par charité chrétienne, ensevelit le corps de l'inconnu sous une motte de terre pas plus large qu'un mouchoir de poche, à l'ombre du grand acacia, loin, au fond de la cour. Pissenlits, pois de senteur et bolets Satan avaient sournoisement poussé dessus, la couvrant peu à peu d'oubli.

Les événements meurent vite, étouffés par la quotidienneté ; on cessa de parler de Salomon Lacroix. Même si la mémoire de Martha semblait poursuivre sa chimère, s'acharner à unir le disparu et la vivante, cet acharnement lui-même avait pris la forme du temps. Au début, Martha, hantée par le souvenir de Salomon, verrouilla sa porte et son corps, boucha son horizon, se déshabita. Chaque matin, à l'heure de l'angélus, elle ouvrait la fenêtre de sa chambre et laissait monter vers le ciel une incantation. Elle disait (« Salomon, Salomon oh ! ») que la coulée de ses jours, depuis ce vendredi de son absence, n'était plus que glas funeste, lugubres mélopées. Jamais plus elle ne connaîtrait d'autres hommes. Comment le pourrait-elle ? Suivait une célébration de la puissance de Salomon, un panégyrique de ce surmâle qu'il était, du plaisir que lui procurait sa fougue d'étalon piaffeur. Elle se sentait étrangère à son corps, tout entière souffrance et deuil. Cette incantation se confondait avec le tintement de l'angélus.

Martha passait des jours et des jours sans risquer un pied dehors. On ne la voyait sortir que pour aller jusqu'au fond de la venelle chercher l'eau nécessaire à ses ablutions. En passant, elle s'arrêtait chez l'épicier. Qu'une voisine s'inquiète de sa morosité, elle entonnait l'hymne archiconnu de l'absence de l'être aimé et du dépeuplement du monde. Si elle ne mettait pas fin à cette pitié qu'était devenue son existence, c'était uniquement en mémoire de Salomon. « Qui pensera à lui si je disparais ? »

Pendant longtemps Martha ne fut que désir tu et vertu de haute tenue. Quand, sur le pas de la porte, Véronique Constant, sa voisine de palier, de retour d'on ne sait quel périple, la croisait, elle s'écriait : « Martha, ma grande, je te croyais morte ! T'es-tu regardée ? Que fais-tu donc de ta vie ? » Outrée, elle répondait fuir l'oublieuse frivolité et marcher à l'aide de ses souvenirs, les yeux rivetés à la lumière d'un présent fait d'un éternel passé. Elle ajoutait

La triple mort de Salomon Lacroix

d'un ton acerbe que Véronique et elle n'avaient pas perdu le même type d'homme ; qu'un abîme séparait Salomon de son mari ; qu'il ne fallait pas confondre un coq de qualité et une poule mouillée. Véronique Constant était elle aussi veuve. Son mari avait un jour pris place dans un de ces frêles esquifs en route pour le canal des Vents. L'orage avait surpris équipage et passagers au large et les corps ne furent pas repêchés. Avaient-ils servi, au royaume des ombres, de gargantuesque repas à des carnassiers marins ? Véronique avait très vite abandonné la sévérité d'apparat des veuves. Elle n'affichait plus, depuis belle lurette, les traits et attirails de l'affliction : robe, crêpette et tulles sombres. Les disséqueurs de la vie d'autrui chuchotaient que, la nuit, sous la lénitive clarté des étoiles qui rendait encore plus désolés l'obscurité et le silence de la ruelle déserte, des hommes, à la queue leu leu, venaient rendre visite à Véronique.

Martha, elle, portait le deuil dans ses vêtements et dans son cœur. Elle arrachait avec obstination la vie de Salomon au temps, cet ange destructeur, cet exterminateur inexorable. Cette inaltérable fidélité à un homme, elle la portait comme un défi, celui de la durée contre

Regarde, regarde les lions

l'abrasion des sentiments. Elle tiendrait la promesse qu'elle avait faite à Salomon. « Tu es le bout de mon chemin », lui avait-elle dit le jour où, bravant l'impossible, il avait réussi à la tirer de la fange du Paradiso Bar où elle s'enlisait chaque jour davantage. Son père, « *Haitiano maldito* », brasero en colère, avait été expédié au pays des sans-chapeau, au cours d'une rixe sanglante. Traquées, sa mère, Soledad, et elle, avaient, en fuyant, traversé la montagne. Martha n'avait que quatorze ans. Elles avaient trouvé refuge au Paradiso Bar, un café-bordel de cette zone ironiquement appelée La Frontière.

« Madre de dios ! Les bons ne durent pas. Ils sont toujours les premiers à partir », avait-elle répondu, sans vraiment parler d'elle et de Salomon, à Thomas, le voisin récemment installé dans le deux pièces mitoyen, et qui s'inquiétait qu'une belle griffonne comme elle n'ait point trouvé chaussure à son pied. Thomas était ce qu'on pouvait appeler un bon vivant. À peine avait-il emménagé qu'il avait pendu la crémaillère : une fête à tout casser, un boucan qui dura toute la nuit et une bonne partie de la matinée du dimanche. L'après-midi même, il était venu frapper à la porte de

La triple mort de Salomon Lacroix

Martha pour s'excuser du chahut qui avait dû certainement la déranger. L'homme avait une carrure d'athlète, des épaules larges, les yeux noirs sombres d'un lynx. Il sentait le musc et alliait l'élégance du palmier royal, la virilité du cocotier à la souplesse du bambou. Elle l'avait invité à entrer, le café était encore chaud. L'offrande du café est ici signe d'hospitalité.

Les êtres humains ressentent souvent l'impératif besoin de combler le vide, en se rabattant sur leur passé, comme si, en se racontant leur vie, ils s'apprivoisaient. Martha, tout en sortant du vaisselier les tasses de porcelaine, les rinçant, les essuyant, y versant le café chaud, lui conta son histoire, une histoire de corps pourri, vomi par la mer. Caravanier de métier, Thomas avait vu bien du pays, connu bien des aventures. Jamais encore il n'avait rencontré un aussi beau brin de femme. Cette solitude de recluse le frappa. Martha vit frémir les narines de l'homme, s'illuminer ses yeux quand, en la regardant, il aspira la première lampée. Elle sentit un léger vertige en avalant à son tour sa première gorgée.

Martha venait d'introduire ce bon vivant de Thomas dans sa vie sans savoir qu'elle avait trouvé le remède inventé contre le mal d'être : la tendresse, le rire, la danse. Le samedi suivant serait veille de Pâques. Thomas aimait danser. Pourquoi Martha ne l'accompagnerait-elle pas au bal sous les calebassiers ? L'orchestre était fameux. Il passerait la prendre vers huit heures. Martha sortit de l'armoire où elle l'avait rangée sa robe-entrave rouge vif, fendue assez haut sur la cuisse et cintrée à la taille. Quand elle traversa souveraine, chair épanouie, le petit pont au bras de Thomas, on aurait dit qu'elle avançait sur la scène d'un théâtre. Ses épaules charnues mises en valeur par le décolleté du corsage, ses formes plantureuses évoquaient une toile de Rubens.

Le lendemain, dimanche de Pâques, Martha ouvrit toute grande la fenêtre de sa chambre et apparut épanouie sous le soleil étincelant de midi, les cheveux répandus comme des chenilles, en couettes folles sur ses épaules nues. Le quartier eut l'intuition qu'il venait de se produire un grand changement et que la vie de cette femme irréprochable qui avait connu, ces cinq dernières années, une période de solitude nue, venait de basculer. Quand, de surcroît, elle ne prononça pas le nom de Salomon comme elle le faisait chaque matin, d'une voix plaintive en saluant la lumière du jour,

La triple mort de Salomon Lacroix

mais avec un accent provocant, et qu'elle accompagna ce nom, jusqu'à ce jour vénéré, de gestes insolites, on resta bouche bée, le regard médusé. Les deux pouces enfoncés dans ses joues gonflées, elle laissa échapper lentement l'air avec un bruit de vessie crevée, ce qu'elle fit suivre d'un vigoureux bras d'honneur. On conclut que le vent avait tourné, qu'il ne restait plus rien de la mémoire de Salomon, que le veuvage de Martha venait de prendre fin. Personne, absolument personne, ne manifesta le moindre zeste de surprise lorsque Thomas mit une affiche pour sous-louer son deux pièces. Martha avait fendu la coquille qui l'avait enclose ; tout était redevenu simple.

Mais l'histoire des hommes est si longue et leur vie contient tellement de vies. En février, il y avait déjà deux ans que Thomas et Martha vivaient ensemble, ce furent des journées de liesse populaire, de joie, après des années de sang et de larmes. Le vent avait tourné, le peuple avait vidé les prisons. Un mardi, c'était un mardi gras, on annonça que des zombis s'étaient échappés de la maison en flammes d'un sicaire de l'ancien régime. Le quartier tout entier se dirigea vers le marché. Martha, réveillée par tout ce tohu-bohu, passa une blouse de cotonnade blanche, une jupe de denim bleu, attacha hâtivement ses cheveux en chignon bas sur la nuque et suivit la foule. Brusquement, elle sentit une pression familière sur son épaule droite. Un homme maigre, légèrement voûté, le visage raviné, mal rasé, les yeux éteints, des traits où sont inscrites des années de privation, de malnutrition, d'enfermement, se tenait à côté d'elle, lui souriait tristement d'un sourire édenté. Qui disait que les morts, même les plus chers, quand ils reviennent dérangent les vivants ?

L'ultime lettre

Aujourd'hui, lundi, le jour le plus cruel de la semaine. On ne revient pas tout à fait de la torpeur du dimanche et l'on n'a pas encore le rythme musclé de la semaine. Le soleil filtre à travers les jalousies et j'entends la sirène d'un navire gagnant le grand large, à l'instant même où je commence à t'écrire. Tu rentres toujours plus tôt le lundi. Si j'étais là, je t'aurais vue déposer ton manteau sur le fauteuil du salon et courir vers la chambre où j'ai vécu ces trois dernières années, cloué presque. Tu t'encadrerais dans le chambranle de la porte, t'arrêterais un instant et regarderais cette pièce où pendant tant d'années nous avons tricoté, à ras du quotidien, un petit bonheur sans cuivre ni clairon. D'ici, je te vois te précipiter vers la table et prendre cette enveloppe que Rachel a dû déposer bien en évidence sur les fruits de la

Regarde, regarde les lions

corbeille, à l'heure du déjeuner. Tu l'ouvriras avec fébrilité car cela fait des semaines que je n'ai ni écrit ni téléphoné. Rachel ne tardera pas à rentrer de l'école. Et comme tu n'auras pas faim, tu l'emmèneras casser la croûte au bord du fleuve. Elle te demandera de mes nouvelles et ce sera un long silence entre elle et toi, un long silence comme un jour en deuil de soleil.

Leyda, mon corps est là, visible et pourtant, il y manque mille détails. Mon vrai corps, je le ressens du dedans au lieu de l'observer comme un objet. Je le sens là, minéralisé sur fond de lumière bleue ouatée, la lumière de l'aube. Ce corps, s'il existait devant moi et non point en moi, avec sa forme première, obstinée, appellerait le toucher, la jouissance. Si le temps ne m'était compté, je m'attaquerais de front à cette figure floue, je la ferais pivoter sur elle-même, avec le temps en abscisse, l'espace en ordonnée. Je rappellerais aux mémoires oublieuses ce que fut l'ordre premier des éléments de ce corps qui s'est métamorphosé le long de la procession des années.

Ce n'est pas seulement pour lutter contre le vide de ton absence que je t'écris, Leyda, même

L'ultime lettre

si, c'est bien connu, l'écriture sert aussi à cette fin. Je voudrais avant tout te dire que tu m'as toujours habité et ce, du plus loin, du plus profond que je remonte en moi-même. Mais comment parvenir à t'exprimer cela sans le paysage, la ville, la population, les ruelles grouillantes, les marchés, inséparables de notre vérité ? Leyda, comment évoquer ta lumière quand il me manque le socle du pays que midi calcine ? Comment remémorer la part de mystère que nous avons partagée quand nous fait défaut l'étreinte de la nuit douchée d'insomniaques tambours ?

Leyda, toi seule, tu sais combien de fois nous avons traversé côte à côte cette ville où nous fûmes le plus sauvagement nous-mêmes. Te souviens-tu, Leyda, c'était en 1960, nous n'avions pas seize ans, te souviens-tu de nos rires et de nos jeux d'adolescents et de cette immense espérance qui flambait nos corps ? C'était avant les douleurs multiples, avant les grandes tueries, les disparitions, la prison, la mort blanche ; c'était avant la grande transhumance. Quand nous nous sommes connus, je citais Marx en fumant des Gitanes maïs ; tu récitais Aragon en suçant des bonbons à la menthe. Un jour, dans ce parc éblouissant de lumière, dans ce vert paradis planté de bougainvillées et de jasmins il y eut cette tache de sang sur ta culotte petit-bateau : le monde t'avait pénétrée alors de ses extravagances, de ses crues, de ses tornades. Une tache de sang et le monde, en majuscule, hurla à pleine voix, par ta voix. Était-ce ce jour-là que nous avons chanté requiem aeternam pour l'enfance et ses marelles de craie blanche ; requiem aeternam pour les comptines et les osselets d'Espagne ; requiem aeternam pour le batifolage et tes poupées de chiffon, Leyda ?

Et ton corps exulta : tout un spectacle de danse, tout un déferlement de digue rompue, tout un ballet de hanches, un roulis de dentelles et de crinolines. Et moi, malhabile, ne parvenant pas à suivre ce rythme de vertige. Je me souviens de la cambrure de tes reins et de ton souffle et de ton rire qui coulait en cascade et de tes yeux noirs comme des pierreries, Leyda, et de l'éclat de ta peau couleur de tan sous le soleil. Je t'ai connue déesse et je t'ai reconnue à ton parfum de jasmin, gencives violettes et dents de nacre, danse d'oiselle coureuse des Caraïbes, meringue cool, ventre contre ventre,

L'ultime lettre

collé-serré, nuits bavardes, tambours insomniaques, sève perforeuse, mémoire charnelle, orgasme tapageur, Leyda. Oh ! Quand nous sommes revenus de notre éden, nous fûmes surpris de voir qu'autour de nous les gens couraient, n'arrêtaient pas de courir : un monde fébrile où le va-et-vient excessif et bruyant pondère l'oisiveté, où la frénésie mène la danse. Leyda, souviens-t'en, nous avions choisi le parti de la lenteur, et cheminé vers notre vie d'adulte. Du lycée à l'université, des terrains de foot aux salles obscures de cinéma, des jardins publics aux snacks, nous promenions un regard vif et précoce empreint d'attention et de tendresse sur la dignité des nôtres, sur leur fragilité émouvante, sur leurs mille petits bonheurs, précaires, ténus, têtus.

À ce moment-là, nous ne savions pas que ces chemins qui nous inventaient mèneraient tout droit à l'impair, au faux pas et à l'impasse. Aurions-nous cru qu'un jour nous quitterions cette contrée de tendresses invulnérables, de serments indéfectibles et de soleils souverains ? Si on nous l'avait dit, nous aurions reçu une telle affirmation comme une gifle. Ai-je besoin de te rappeler l'alternance des lieux, celui de l'origine et celui de l'arrivée, l'exil, le vrai, celui que je me suis accoutumé à appeler l'errance, où je t'ai entraînée malgré toi, le long duquel tu m'as suivi et que nous avons senti comme la dépossession douloureuse de nous-mêmes, tandis que nos souffles devenus buées se mêlaient au sel de nos larmes, sur ces rivages où meurt la mémoire.

Toi seule, Leyda, tu sais les deuils que nous vécûmes, chaque matin, dans le défilé des jours en deuil de chants de coqs et de senteurs de rosée. Toi seule, tu sais la douleur de vivre avec des mots floués ; toi seule tu le sais, Leyda. Contre le déracinement qui travaillait nos paysages intérieurs, tu as planté des avocatiers et des hibiscus dans la serre chaude de l'appartement. Même les arbres d'ici nous jouent de mauvais tours. Tiens-toi-le pour dit, Leyda, tes avocatiers et tes hibiscus sont des dérisions d'avocatiers et d'hibiscus. Leyda, serions-nous devenus, nous aussi, des dérisions de nous-mêmes ?

Je passe et repasse en mémoire les avocatiers et les hibiscus de l'appartement que tu arroses patiemment en espérant que la lumière de

L'ultime lettre

l'automne les aidera à mieux croître et je recense, comme je le fais chaque jour depuis plus de trois ans, les petites joies qui m'auraient attendu avant la fin de la journée : Rachel revenant de l'école, Rachel et ses seins turgescents déjà, à dix ans, pendue à ses livres de collégienne ; toi, rentrant du travail et m'apportant les revues et journaux que tu auras pris en passant au kiosque international ; la télévision, à dix-huit heures, m'apprenant les nouvelles du monde ; et un peu plus tard, au cours de la soirée, des copains aux rêves floués et à l'espérance tenace venant nous conter Jérémie et ses plaies, Jérémie et ses malheurs, Jérémie et ses moments d'apocalypse, Flora, Hazel et aussi les vêpres de Jérémie. Et plus tard encore, nous nous endormirons sans avoir fait l'amour. L'amour, ce sera à l'aube, avec, au petit matin, ce rai de lumière sur nos corps ruisselants.

Ô ma femme au visage de Néfertiti ! Ô ma tigresse aux seins formant nid pour l'issant de l'hiver ! Ô mon oie brune, aux cuisses créant bocage pour paresse de juillet ! J'aurais tant voulu te célébrer pour qu'on s'en souvienne longtemps, longtemps après que nous avons vaincu les puissances de l'oubli. Leyda, ta vie reprend

Regarde, regarde les lions

forme dans l'espace de ma nuit, ta vie fragile, ta vie de pousse fragile. Je te le dis aujourd'hui, Leyda. Pendant longtemps, j'ai hésité à te nommer. Maintenant que je suis au bout de ma course, j'ose dévoiler la splendeur de ton corps, la fête de tes mains, la couleur de tes gestes. Que j'aurais aimé me mirer encore une fois, une dernière fois, dans la lagune de tes yeux ! Je voulus t'appeler Splendeur ou Vigilance mais tu porterais mal ces noms ou, inversement, ces noms te supporteraient très mal car splendeur et vigilance n'auraient point fait ressortir ta sveltesse de grande liane déliée, ta fragilité de bourgeon frais éclaté, ta précocité de tulipe des années où le printemps est précoce. Ô ma martelée, je voulus t'appeler Soledad mais plus d'un avait déjà peint de ce nom des jeunes femmes en grand décolleté, dans la transparence d'après-midi à crever la terre. Je voulus t'appeler Caridad mais, pour cela, il aurait fallu que je sois flagellé à coups de crachat et de haine et finalement crucifié. Je voulus t'appeler Miracle mais il m'a manqué mille graffitis, mille cymbales et gongs, mille litanies à offrir en échange aux vastes espaces cloutés d'aurores boréales. Je t'ai appelée simplement de ton nom, Leyda.

L'ultime lettre

Leyda, je ne te l'ai jamais dit. C'est à Venise, en août, au beau mitan de la piazza San Marco, avec ses milliers de touristes et ses colombes, que j'ai découvert ta splendeur. Te souviens-tu de Venise, Leyda ? Et Rachel, heureuse, la tête pleine d'histoires à raconter à ses camarades de collège. Venise que l'on avait fini par confondre avec ce vieux film de Fellini, Venise et ses gondoles d'un temps désuet, et les façades en dentelle de ses palais, et ses ponts d'une seule travée débouchant sur des églises. C'est à Venise, Leyda, que j'ai su, d'intuition sûre, que nous ne vieillirions pas ensemble. Où et quand ai-je lu que les histoires d'amour n'existent pas, parce que l'amour est toujours constitué d'histoires qui s'emboîtent, la fin de l'une se reflétant déjà dans le commencement d'une autre ? Pourquoi, en cet instant précis, me remonte ce souvenir ? C'était en avril ou mai, je ne me souviens plus, des colonnes d'êtres humains partaient du bas de la ville pour gagner les montagnes : enfants à la mamelle, vieillards au bout du rouleau sans béquilles, femmes impotentes, toutes hardes sur le dos, escadrons d'une armée de souris. Il ne fallait pas que la nuit les trouve dans les cases de ce côté de la ville. Ils ont encore au creux de

Regarde, regarde les lions

l'oreille le bourdonnement des rafales de mitraillette à hauteur de lit. Cela s'était passé la veille au soir et l'avant-veille. Ces deux nuits-là, même les insectes lucifuges avaient déserté la ville et même les chiens d'habitude somnambules s'étaient tus, pantelants de terreur. Comme dans les labyrinthes antiques, portes d'entrée et de sortie coïncident. C'est ce que je chéris en toi, cette constance du début à la fin et, sous quelque angle que je considère notre trajet, notre trajectoire, nous n'avons jamais été bannis du paradis, notre amour n'a jamais été ni meurtri ni meurtrier.

Leyda, nous avons vécu cette saison de nous-mêmes avec l'éclat des vieilles tempêtes ; nous avons tout partagé, nous avons tout perdu, paradoxalement pourtant, nous avons tout gagné. Aujourd'hui que le jour s'effiloche goutte à goutte dans la pétrification de nos gestes mangés par le temps, il a été bon de prendre un moment et de rappeler nos bonheurs fugitifs et nos fâcheuses déceptions. Tu m'as dit un jour, tu t'en souviens, Leyda, que cent morts me guettent, me menacent mais ne sauraient m'atteindre tant que tu seras de ce monde ; que je serai indestructible, parce que tu es ma

L'ultime lettre

chance de survie et d'immortalité. Je t'ai répondu que je n'accepterai de mourir que si la mort se présente avec la forme amande et la couleur de tes yeux. Je ne meurs pas, Leyda, je m'absente...

Ainsi va la vie

« Tout le malheur des hommes, assurait Pascal dans les *Pensées*, vient de ne savoir pas se tenir en repos dans une chambre. » Rien à faire, Ulysse Grimal avait la bougeotte. Il contracta ce virus durant sa prime jeunesse en accompagnant son père, un sergent, clairon de régiment. Il arpenta ainsi toutes les villes de la République. De plus, guitariste amateur, le sergent, partout où il passait, se joignait à des groupes musicaux qui agrémentaient baptêmes, premières communions, mariages et fêtes carnavalesques, beaucoup par plaisir certes, un peu avec la perspective d'arrondir leur fin de mois. Ces pérégrinations mirent Ulysse en contact avec toutes les variations de la musique locale. Source de richesse, il y puisera son inspiration.

Âgé d'une dizaine d'années, il improvisait déjà à la guitare. Ces premières compositions spontanées et originales, quoique maladroites, témoignaient cependant de la recherche d'un nouveau langage musical. Sa première véritable œuvre, il n'avait alors que quinze ans, fut choisie comme chanson du carnaval de l'année, une musique exubérante qui fit sensation et marqua le début de sa carrière. À partir de là, chaque nouvelle composition fut saluée comme un événement. Son talent d'interprète, à la fois de sa propre musique et de celle des autres, suffirait à lui assurer un brillant avenir. Mais Ulysse, d'un tempérament inconstant et fougueux, n'avait qu'une obsession : il voulait voir le monde.

Il partit pour Cuba. À La Havane, il fréquenta un cercle de musiciens. Grâce à eux, il fit la connaissance des grands classiques, se familiarisa avec les techniques novatrices de ses contemporains et les rythmes de la musique cubaine moderne. Ses créations de l'époque, imprégnées de la couleur et de l'atmosphère de sa terre natale, légèrement influencées par le maniérisme de Bach, le système de tonalité de Mahler et la variété d'harmonie de Schönberg, suscitèrent l'admiration. On était unanime à reconnaître que cet autodidacte écrivait une musique dont l'élégance, la structure et l'intelligence rythmique étaient d'une rare espèce.

Ainsi va la vie

La révolution cubaine le surprit et il se retrouva, sans trop savoir ni comment ni pourquoi, aux États-Unis. Il y mena une double carrière de compositeur et d'interprète. L'année même de son arrivée, il participa au Festival de la musique panaméricaine en Floride et reçut le Life Time Award of Appreciation. Il fut invité par le grand maître Andrès Segovia, qui le considérait comme un des plus célèbres guitaristes de l'époque, à donner un récital au Town Hall ; il se produisit en solo à Carnegie Hall. Les critiques les plus avisés louangeaient son lyrisme, sa sensibilité, son souffle mélodique et l'audace peu commune des harmoniques et de son écriture tumultueuse. Les plus retors affirmaient à l'unanimité qu'il était sans conteste un des plus grands guitaristes de sa génération tant comme créateur que comme exécutant. Les journaux réputés, le *New York Times, Le Monde*, le *New Herald Tribune*… consacrèrent la profondeur de sentiments alliée à la concision dans le développement musical. Ils signalèrent la technique toute personnelle de composition, éclectique certes, mais gardant le souci de marier avec constance les valeurs traditionnelles de sa terre natale à des esthétiques modernes et universelles. Cette célébrité élargit ses horizons. Il joua sa musique aux quatre points cardinaux du globe.

Puis, plus rien. On le crut mort. Des fidèles admirateurs allèrent jusqu'à faire chanter des messes pour le repos de son âme. Ulysse Grimal demeura, dans la mémoire de ses contemporains, l'ultime incarnation d'un raffinement qui se perdait, d'une qualité musicale qui sombrait avec le culte de la guitare électrique reliée à un synthétiseur électronique. Les nostalgiques ne cessaient de se lamenter sur cette époque disparue, sur ce monde englouti qui fournissaient « des artistes capables de détachement et de passion ».

Nul ne savait pourquoi Ulysse Grimal avait pris la décision de rompre le pacte qui le liait à son public, à son art, à la vie. Même les gens éternellement bien informés se contentèrent de suppositions. Certains arguèrent qu'après s'être exhibé sur toutes les scènes du monde, avoir esquinté sa santé en mille folies, il s'était retiré dans un coin perdu, décidé à épuiser la provision de temps dont il disposait, se livrant à d'honorables occupations. Il servait quelques causes de façon anonyme et célébrait Dieu en âme et conscience. D'autres prétendirent que l'Histoire est brutale, injuste, que la maturité

Ainsi va la vie

vient avec l'âge et invite au bilan. Chez Ulysse Grimal, cette méditation prenait une forme plus personnelle, lui dont la vie se confondait avec le siècle. Il y en eut même qui, pour accorder plus de crédibilité à leurs divagations, déclarèrent l'avoir croisé, méconnaissable, tenant des propos pour le moins incohérents. Ulysse Grimal concédait que l'humanité pouvait encore préserver sa survie au milieu de tant de saccages, mais que, lui, il n'était plus de la partie ; il avait, comme on dit, « déjà donné » ; toute cette agitation ne lui laissait que quelques sensations fugitives, quelques traces d'émotions et rien de plus.

Ulysse Grimal avait disparu depuis un quart de siècle et n'était plus qu'une figure légendaire quand je fis, de façon assez curieuse, sa connaissance. Il faisait très chaud ce midi-là et seul le soleil plombant de Miami me décida à m'attabler à l'ombre, sur la terrasse couverte d'un restaurant de Little Habana. L'absence de clients à cette heure aurait dû m'inquiéter à prime abord, mais je ne voulais pas transposer, dans un endroit dont j'ignorais toutes les habitudes, mes réflexes de Montréalais. Les tables libres ne manquaient pas et pourtant je décidai, allez savoir pourquoi, de m'installer à côté de celle d'un vieillard qui, tranquillement, sirotait un rhum soda. Mon imparfaite maîtrise de l'espagnol me força à commander quelque chose d'assez simple, un *arroz con pollo* et, en attendant d'être servi, j'écoutais la musique que dispensait un haut-parleur dissimulé dans le plafond. « Vous aimez cet air ? » Le vieil homme s'adressait à moi en français. « À votre accent, j'ai tout de suite compris que vous n'étiez pas américain. Vous permettez que je vous tienne compagnie ? »

Une fois installé à ma table, le vieillard reposa sa question : « Vous aimez ma musique ? » Sans prêter attention à la nuance de forme, je lui répondis que j'appréciais beaucoup la musique caraïbe, fruit de terres ardentes et généreuses, qui porte un goût de sel jusqu'au creux des reins. S'écoulèrent deux, peut-être trois interminables minutes de silence. Je le scrutais avec une attention dévorante ; le spectacle était fascinant. Les yeux levés vers le plafond, son visage avait pris une fixité de pierre, comme s'il n'avait plus la moindre conscience du lieu et de l'instant ; il était grave et sombre. Il entama, sans regarder son verre, un autre rhum soda que le barman avait déposé devant lui. Puis il s'anima de nouveau : « Ma musique

Ainsi va la vie

raconte en effet ma terre. Je ne me suis pas présenté. Ulysse Grimal. »

La stupéfaction me paralysa ; je laissai tomber ma fourchette. Le serveur se précipita, la ramassa et m'en tendit une autre. « Ulysse Grimal ! Je vous croyais… » Le musicien sourit. « Mort ? Oui, je sais qu'on a répandu ce bruit. À la vérité, je suis seulement sorti de scène. » Il fixa sur moi un regard lourd qui m'incita à détourner le mien. Il me parla de ses tournées, des villes qu'il avait visitées, des somptueuses réceptions auxquelles il avait été convié, des femmes qui l'avaient aimé ; il me parla des délices infinies qu'il avait goûtées ; il me parla des joies sensuelles qu'il avait ressenties auprès de beautés exhibant une rare élégance et une insolente jeunesse. Mais il me parla aussi de la mélancolie des paquebots, des nuits de sommeil troublées, des trains, des gares, des allées et venues dans de longs couloirs, des pluies tristes et froides de Paris, de Londres ou d'Amsterdam, et des gueules de bois des lendemains d'ivresse. Car il avait, en solitaire, entre deux concerts, le temps de flâner, de dormir, et même de se cuiter.

Il n'oubliera jamais ce froid réveil, un matin, cette chambre exiguë d'auberge d'un pays dont il ne parlait même pas la langue. La veille, sa prestation avait été acclamée par des milliers de spectateurs. Il avait regagné sa loge dans un état d'euphorie, heureux, si excessivement heureux. Il s'était pris la tête entre les mains et s'était répété plusieurs fois qu'il était, bon Dieu, impossible d'être heureux de façon si absurde. Le lendemain, en posant les pieds sur la moquette, il fut pris d'un tel vertige qu'il dut se rasseoir. Il fut alors traversé d'une douleur dont l'intensité lui coupa le souffle. De la main droite, il avait agrippé son épaule gauche comme pour retenir ce mal lancinant qui le tordait de l'intérieur, cette spirale qui l'entortillait, cette vrille qui le perçait de part en part. Aucun mouvement n'était possible, même pas celui de lâcher cette épaule gauche, point névralgique où la douleur avait éclaté. Le téléphone posé sur la table de chevet paraissait à une distance infranchissable. Ruisselant de sueur, incapable de bouger, il ne pouvait qu'attendre.

Le serveur apportant le petit déjeuner le trouva recroquevillé sur lui-même, le visage tordu de souffrance. Son hospitalisation dura de longs mois. Le médecin, au moment de l'exeat, lui avait annoncé que son cœur était usé, qu'il fallait craindre une nouvelle crise,

Ainsi va la vie

cette fois fatale, s'il n'acceptait pas de ralentir son train de vie, de mesurer ses efforts, ses émotions. Bref, il lui fallait devenir vieux tout de suite, s'il voulait avoir des chances d'être vieux plus tard. Il avait choisi Miami comme lieu de retraite et y flottait depuis, épave sur la plage, incapable de renaître, incapable non plus de poursuivre sa carrière. Tout lui semblait d'un temps révolu ; même les journaux et les livres, qui sont de puissants antidotes contre l'ennui, distillaient un goût d'amertume, de dégoût et d'abandon. Il vivait retiré, avec ses fantasmes, ressassant constamment sa gloire passée. Toutefois il était hanté par la crainte d'être complètement oublié, de ne laisser aucune trace dans les mémoires.

Il y avait quelque chose d'émouvant à regarder ce vieillard au long corps de pantin désarticulé, avec des bras de singe qui remuaient dans tous les sens et une tête tout en cou et en crâne agitée de mouvements anarchiques. Les cheveux hirsutes, mal élagués, le front entaillé de rides profondes, les joues creuses et mal rasées, vêtu d'un costume élimé, il offrait le spectacle d'un homme seul, usé. J'avais peine à croire que celui qui se débattait ainsi n'était nul autre qu'Ulysse Grimal, un des guitaristes les plus adulés au milieu de ce siècle. Avant de me quitter, il me convia à une fête qu'il donnait, la première depuis vingt-cinq ans et peut-être, qui sait ? la dernière, vu son âge.

Il me reçut ce samedi soir, alerte, l'œil pétillant ; il portait un impeccable costume de lin blanc orné d'une pochette blanche à liséré noir ; une chemise à fines rayures et une cravate à pois complétaient sa tenue. Je m'étonnai de l'assistance nombreuse alors que, deux jours auparavant, il se plaignait d'extrême solitude. Il éclata d'un rire sonore et me confia qu'il avait fait le tour de ses anciennes connaissances et invité de plus tous ceux qu'il avait eu l'occasion de côtoyer, voisins, vendeurs ambulants, oisifs sans programme et âmes esseulées. Le spectacle était insolite. Je n'avais jamais vu de ma sainte vie tant de convives attablés. La grande cour était illuminée de centaines de bougies ; des femmes et des hommes riaient, chantaient, s'esclaffaient, consommaient sec, sans ajouter de soda, une belle quantité de rhum, de whisky et de vodka.

Aux petites heures du matin, Ulysse Grimal, passablement éméché, prit la parole, un torrent de mots qui rappelèrent à l'assistance son passé, les rêves qu'il avait nourris et qui ne

Ainsi va la vie

s'étaient point réalisés. Il aurait voulu tracer en musique une carte de la Caraïbe, île par île, côte par côte, ville par ville afin d'en illustrer la richesse. Il n'en avait pas eu le temps. Quand il avait été invité à se produire à Tokyo, il ne soupçonnait pas que cette visite marquerait le dernier chapitre de sa vie d'artiste. Je le connaissais peu mais j'avais l'intuition qu'il devait laisser aux autres les litanies, les jérémiades. Ulysse Grimal était allé droit à l'essentiel et avait dit sans détour ce qui lui tenait à cœur et au corps.

La plupart des invités partis, je me retrouvai à un moment seul avec Ulysse Grimal. Il m'annonça (ce qu'il avait caché aux autres) qu'il partait pour Montréal le surlendemain. La Société de diffusion de la musique caraïbe, la SODIMUC, voulant lui rendre hommage, lui consacrait son septième concert annuel. Il avait d'abord prétexté que son grand âge ne lui permettait pas de voyager mais il avait fini par céder devant l'insistance des organisateurs, d'autant plus que des artistes canadiens de grand renom, en cette occasion, mettraient en évidence les multiples facettes de sa carrière et de son répertoire. Il s'agissait en fait d'un jubilé et on comptait sur sa participation.

Regarde, regarde les lions

Nous prîmes le même avion et c'est un homme rayonnant et guilleret qui, ce soir de mai, débarqua à Montréal.

Je ne pus, malgré de multiples efforts, trouver un billet pour assister au concert. Le siècle s'achevait en laissant les humains affolés par tant de massacres et abasourdis devant tant de sang et de larmes. L'espérance s'était transformée en charniers et les hommes nouveaux métamorphosés en bourreaux à l'ancienne mode. Beaucoup de gens se tenaient à l'affût de toute beauté qui s'élevait au-dessus de la médiocrité et offrait un rai de lumière au sein de toute cette grisaille. C'était une façon de compenser leurs rêves trahis et leurs élans brisés. Les billets s'étaient envolés. La nostalgie aussi motivait cette ruée : Ulysse Grimal restait, pour la plupart de ses contemporains, le plus grand des guitaristes ; ses compositions, ses interprétations avaient charmé leur adolescence et ils voulaient réentendre ces airs que de nombreux artistes, dont Harry Belafonte, avaient mondialement popularisés et qui narrent la mémoire brûlée, la perte de la terre natale, interprétés par Grimal en personne. Ce serait sans nul doute leur unique chance. Je fis part de ma déconvenue à Ulysse Grimal qui me proposa de l'accompa-

Ainsi va la vie

gner ; personne ne pourrait ainsi m'interdire l'accès de la salle.

Ulysse Grimal refusa net de participer aux répétitions qui devaient assurer le bon déroulement de la soirée. Il prétexta la fatigue due à son grand âge. Et puis n'avait-il pas joué sur les plus grandes scènes du monde ? Qu'ajouterait une répétition de plus ? Pour se soustraire à l'insistance des organisateurs, il disparut toute la journée, sans laisser de traces. Ces derniers, inquiets, se demandaient quelle fêlure Ulysse cachait sous le masque imperturbable de sa renommée ; ils supputèrent qu'une menace innommable pesait sur la représentation. La première partie du spectacle se déroula sans anicroche.

À l'entracte, j'accompagnai Ulysse Grimal dans les coulisses. Il ne cachait pas une grande nervosité que j'attribuai au trac que connaissent beaucoup d'artistes avant leur entrée en scène. Le visage renfrogné, il jetait des regards désespérés à la porte, tel un hôte attendant des retardataires avant de passer à table. Quand le maître de cérémonie vint l'avertir qu'il ne restait plus que cinq minutes, il montra ses mains tremblantes et avoua que les séquelles d'une autre rupture d'anévrisme l'avaient empêché de toucher à une guitare depuis une dizaine d'années. « Ainsi va la vie ! » conclut-il avec un air de profond accablement.

C'est alors qu'on vit apparaître, tout essoufflé, un grand échalas, ras tondu, en costume de cérémonie, muni d'une guitare. Il s'excusa auprès du maître, l'avion avait décollé avec plus de deux heures de retard. Ulysse Grimal, le visage ruisselant de sueur, s'affala sans un mot sur un divan. Le nouvel arrivant dut se présenter lui-même aux organisateurs. Il s'appelait Xavier Martel, était rentré tout exprès de Chicago où il était en tournée. Il tenait à participer à cet hommage qu'on rendait à son maître, Ulysse Grimal, en jouant à sa place. Il pratiquait la guitare sous sa direction depuis plusieurs lunes et maîtrisait à la perfection son répertoire. Son aplomb, la vivacité de ses yeux sécurisèrent les organisateurs. D'ailleurs, ils étaient devant une évidence, l'impossibilité dans laquelle se trouvait Grimal d'assurer la seconde partie du concert. On entendit quelques murmures de désappointement quand le maître de cérémonie annonça que le guitariste, victime d'un malaise, ne pourrait jouer. Néanmoins, un de ses jeunes disciples assumerait la suite du concert.

Dès les premières notes, Xavier Martel conquit l'assistance. Le récital se déroula comme

Ainsi va la vie

une eau pure. Il débuta par une pièce d'un très haut niveau de virtuosité, suivie d'une série ininterrompue de mélodies pleines de lyrisme qui dévoilaient, en même temps qu'un fragment du monde qui s'enfuit, la couleur de la vie. La cadence *ad libitum* de la fin, utilisant les ressources naturelles de la guitare, prouva, s'il en était encore besoin, que Xavier Martel possédait l'étincelle de génie qui permet de dépasser les limites techniques et musicales de l'instrument. Mélancolique, poignant presque et en même temps optimiste, le dernier morceau, toujours en crescendo, offrait une caricature de marche funèbre reprenant la même combinaison rythmique qu'une musique de carnaval. Ces pièces, d'une singulière brièveté, exprimaient toute la condition humaine : l'attente, la détresse, l'espoir, l'amour, la mort. Cette musique m'avait conduit en des régions de moi-même où, jusqu'alors, je n'avais osé me risquer. L'assistance, bouche bée, envoûtée, acclama Xavier Martel qui, devant elle, venait d'atteindre un moment de perfection. Elle réclama la présence d'Ulysse Grimal sur la scène, mais on ne le vit nulle part. Personne ne l'avait pourtant vu partir.

Les organisateurs appelèrent à l'hôtel : sa clef ne se trouvait pas à la réception et il ne décrochait pas non plus le récepteur téléphonique. Ils insistèrent tant que le réceptionniste monta vérifier. On découvrit Ulysse Grimal gisant sans vie sur le lit. Près de lui, son carnet de route. À la dernière page, il avait noté : « La mort s'impose au vivant d'abord de l'intérieur. Il vient un moment où il faut considérer que votre vie est terminée, qu'il faut laisser la place à d'autres. Il vient un moment où l'inéluctabilité de votre propre mort vous apparaît avec netteté. Si on ne sait pas comment le désir de s'en aller s'empare de nous, on sait cependant pourquoi. Un matin, on se réveille et on ne comprend plus comment s'assemblent les divers coloris sur la palette d'un paysage ; on éprouve alors un sentiment insupportable d'étouffement, comme un palmier qui s'est élevé à une hauteur prodigieuse finit par manquer d'air. On a beau gratter la glaise du réel, on ne reçoit nulle réponse : la grâce nous a quitté. »

Entrepreneur de pompes funèbres, j'obtins des autorités légales que le cadavre me soit remis. Ulysse Grimal fut inhumé, un matin de mai, en stricte intimité. Les amis et admirateurs qui, pour des raisons diverses, n'ont pu l'accompagner s'en sont désolés. Des semaines durant et aujourd'hui encore, en allant lui

Ainsi va la vie

rendre visite, je trouve, déposés par des mains souvent anonymes, des fleurs et des messages rédigés en une infinité de langues (il y en a même en arabe et en japonais). On dirait que l'extrême sensibilité avec laquelle il a su dire au revoir au monde incite à lui rendre hommage.

Table

Lumière des saisons 11
Une nuit, un taxi 23
Regarde, regarde les lions 41
Des nouvelles de Son Excellence 65
Toute honte bue 81
Tina ira danser ce soir 103
La supplique d'Élie Magnan 111
La répétition 129
Mémorable combat 141
Dans la blanche visibilité 159
Nocturne 171
La triple mort de Salomon Lacroix 187
L'ultime lettre 199
Ainsi va la vie 211

Je tiens à remercier le Centre national du Livre qui, dans le cadre de son programme de promotion des auteurs étrangers, m'a fourni une contribution précieuse me permettant de finaliser ce recueil de nouvelles. Je remercie en particulier Martine Greile qui d'abord a accueilli mon projet et l'a présenté aux instances compétentes. Ma gratitude va aussi à Patricia Corbett, directrice de la Fondation d'art Henry Clews, qui m'a hébergé au château de la Napoule, un site merveilleux où, face à la mer Méditerranée et son bleu irréprochable, j'ai trouvé la quiétude nécessaire pour écrire.

DU MÊME AUTEUR

Aux Éditions Albin Michel

MÈRE SOLITUDE, 1983.
LA DISCORDE AUX CENT VOIX, 1986.
LES URNES SCELLÉES, 1995.

Chez d'autres éditeurs

PAYSAGE DE L'AVEUGLE, éd. Pierre Tysseire, 1982.
PASSAGES, éd. de l'Hexagone, 1991 ; Le Serpent à plumes, 1994
MILLE EAUX, éd. Gallimard, 1999.

*Cet ouvrage a été composé par Nord Compo.
Achevé d'imprimer sur Roto-Page
par l'Imprimerie Floch à Mayenne,
pour les Éditions Albin Michel
en janvier 2001.*

*N° d'édition : 19155. N° d'impression : 50456.
Dépôt légal : février 2001.
Imprimé en France.*